嫁《い》き遅れの私がなぜか
魔術師王子に求愛されています

MELISSA

嫁《い》き遅れの私がなぜか
魔術師王子に求愛されています

まつりか

Illustrator
御子柴リョウ

この作品はフィクションです。
実際の人物・団体・事件などに一切関係ありません。

嫁《い》き遅れの私がなぜか魔術師王子に求愛されています

MELISSA

プロローグ

幼い頃は、いつか王子様が迎えに来てくれるという夢物語に憧れていた。

成長するにつれて自分がお姫様ではないことを知り、ただ王子様を待つだけでは幸せな結末を迎えられない現実にも気付かされた。

自分がお姫様でなくても相手が王子様でなくてもいいから、いつか誰かに選ばれたい。

誰かの唯一として求められたい。

かつての夢はいつしか形を変え、ささやかな希望として心の中に棲《す》みついた。

胸の奥に秘めたその希望は、今現在も色褪《あ》せぬまま、確かに心の奥底に存在していた。


「大変申し訳ありませんが、今回は御縁がなかったということで」

きっちりと整えられた髪型、この日初めて袖を通したかのような真新しいシャツ。

指定された喫茶店の一角で、青年は椅子に腰をかけたままこちらに向かって深く頭を下げる。

心苦しそうに眉根を寄せるその表情は、相手の誠実な性格を表しているようだった。

「理由をお尋ねしてもよろしいですか？」

彼とこの場で初めて会ったのが数分前。

名前や年齢などを紹介し合い、これからお互いを知るための交流を図ろうといったところで飛び出したのが、突然のお断り宣言だった。

お見合いであることを承知の上でこの場に現れたのならば最低限相手の人となりは把握すべきだと思っているが、それすらも必要ないと判断された理由については確認しておくべきだろう。

向かい合う相手は、こちらの質問に居心地悪そうに視線を外しながら、もごもごと言いにくそうに口を開いた。

「えっと……今回の縁談は上司から是非にと言われてお受けしたのですが、二十九歳のエルザさんと二十五歳になったばかりの僕とでは少々年齢差もありますし」

「なるほど、四歳という年の差を大きすぎると感じられたのですね」

「あっいえ！　女性に年齢の話は禁句だとわかっているのですが……」

禁句も何も、事実なのだから仕方がない。

それよりも、たった四歳と思っていた年の差を大きいと感じる彼の意見が勉強になった。

自分自身に十歳以上年の離れた弟がいたためか、四歳という年の差について全く気にならなかったのだが、世間的に見れば彼の考えの方が一般的なのかもしれない。

「その……エルザさんは僕に対して興味をお持ちでないように見えますし、今から興味を持ってもらうにも時間がかかりすぎるかと……」

会って数分でどうやって興味を持てというのかとも思うが、恐らく彼は私の表情に物申したいのだろう。

表情に乏しく何を考えているのかわからない、それがよく言われる私の第一印象だった。

別に好きで無表情に徹しているわけではないし、ただ表情に出るより先に色々と考え込んでしまう性格をしているだけなのだが、ことさらお見合いの場ではこの性質を大きな欠点として指摘されることが多い。

彼の思い描いていた理想と違っていたことを少々申し訳なく感じながら、手元のカップに口をつける。

「ちなみにそちらの上司の方も、この縁談に前向きだったのでしょうか？」

「はい。そちらの上司の方とかなり気が合ったみたいでして、絶対に一度会った方がいいと勧められてこの場に……」

話を聞く限り、私達は同じような状況に置かれていたらしい。

今までお見合いといえば、私のことを心配した母が用意してくれたものが多かったが、今回は職場の上司が是非紹介したい男性がいるからと半ば強引に設けられた席だった。

恐らく向かいに座る彼も同じように引っ張り出されたのだろう。

その境遇には同情するが、ここで破談となるとまた一つ悩みの種が生まれてしまう。

会えば必ず彼のいいところがわかるからと力説していた上司の満面の笑みを思い出して、思わず溜《た》め息をこぼしそうになった。

お断りされたことは職場にもすぐ伝わるだろうし、上司は肩を落とすだろう。

週明けにどんよりと落ち込む上司の姿が容易に想像できて、つい頭を抱えたくなった。

「あの、エルザさん……？」

恐る恐るといった様子で声をかけられて我に返る。

「すみません、少し考え事をしていました」

気持ちを落ち着けるように手に持っていたお茶を口にすれば、少しは頭の中がすっきりした。

彼は既にお断りの意思を固めているのだから、これ以上引き延ばしても無為に時間を過ごしてしまうだけだろう。

ずれた眼鏡の位置を直しつつ、相手に向かって姿勢を正した。

「お断りの旨、承知いたしました」

私の返答に、なぜか驚いたような相手を見て不思議に思う。

「どうかされましたか？」

「いえ、その……」

煮えきらない様子の相手を眺めながら、少し冷め始めたお茶を口に含んだ。

店内は随分と賑《にぎ》わっており、周囲には茶葉の良い香りが漂っている。

「その……エルザさんは結婚を急がれているのかと思っていたので、あまりにあっさりとお断りを受け入れられたことに少し戸惑ってしまいました。僕は今仕事が楽しくて、今すぐにということは考えていなかったので……長々とお話しすればエルザさんに期待を持たせてしまうかもしれないとも思って、早々に自分の意思をお伝えしようと……」

一方的な彼の主張に困惑したものの、それもそうかと思い直す。

我が国の女性は、貴族として生まれれば十代、平民でも二十代のうちには結婚することが当たり前だ。

二十九歳という私の年齢を聞いて、彼は自身の中で結婚を急がねばならないという認識を持ってしまったのだろう。

年齢を考慮しないとしても、短く切りそろえた黒髪に眼鏡という地味な自分の容姿に、恋愛との縁遠さを感じさせてしまったのかもしれない。

人づての紹介で正式なものではなかったとしても、二十九歳の女性とのお見合いに重圧を感じるという意見は、確かに納得のいくものだった。

そもそも私のように、結婚を急いでいない方が珍しいのだ。

「仕事が楽しいというお気持ちわかります。私も同じ気持ちですから」

「え？」

驚いたような相手の声を聞きながら、空になったカップをテーブルに置いた。

「いえ、こちらの話です」

初対面とはいえ、既にお断りされた相手だと思うと不思議と緊張が解けて話しやすくなるのは、変に意識しなくてもよくなるからなのだろう。

「本日は私のために、貴重な時間をいただきまして誠にありがとうございました」

お礼の言葉と併せて深く頭を下げる。

たとえ上司に勧められて断れなかっただけだとしても、私に会うためにこの場に来てくれたことには違いない。

「そちらの上司の方へも、どうぞよろしくお伝えください」

感謝の気持ちを込めて笑みを浮かべると、ポカンと口を開けてこちらを見上げる彼に会釈をし、代金を置いてその場を後にした。

喫茶店を出れば、周囲は休日に浮かれた人々で賑わっている。

穏やかな陽気の中、石畳の歩道を歩きながら一つ伸びをした。

空は高く澄み渡っている。

――せっかく出てきたのだから本屋にでも寄ろうかしら。

別れ際の相手の表情を思い出して、つい笑みがこぼれてしまった。

二十九歳の女性を前にして結婚を急ぐべきだと考えるほどには、彼は非常に真面目な性格だったのだろう。

彼の考えは我が国での一般的な認識であるし、異を唱えるつもりもない。

しかし、私個人がどう考えるかは自由だ。

幼い頃から本が好きで、幸いにも本の制作に携わる仕事に就くことができたため、今も読書中心の毎日を過ごしている。

年齢を重ねるにつれて縁談を持ちかけられる機会も増え、お見合いをした回数も片手では足りなくなったが、これまで一度も成功した試しはなかった。

別に結婚をしたくないわけではない。

私は、結婚をしたいと思える相手に出会いたいのだ。

――こんなことを口にすると、また夢見がちだと言われるかしら。

お姫様と王子様の物語でなくてもいい。

ただ、私が良いと選んでくれるような出会いが欲しいと思っていた。

身の回りの親族や友人が次々と結婚していく姿を羨む気持ちも確かにあったが、だからといって結婚を焦るつもりはない。

いつか心から愛する唯《ただ》一人に出会い、その相手に愛されたい。

そんな理想を抱いたまま、これまで歳《とし》を重ねてきた。

いつまでも理想を諦められない自分の頑固さに苦笑を漏らしながら、賑やかな雑踏の中を歩く。

目下の課題は、今日のお見合いの結果をどう上司に報告するかだ。

先週末の楽しげな上司の顔が思い浮かんで、思わず呻《うめ》きそうになる。

入社当時から十年近く、第二の父親のように面倒を見てくれている上司の笑顔を曇らせるようなことはしたくない。

なんとか落ち込ませないように伝える言い回しはないかと、週明けの対応に頭を悩ませながら、行き交う人々の間を進むのだった。

1　舞い込んできた縁談

「お先に失礼いたします」

最近は勤務先を出る時間になると、夕日も沈みかけていることが多い。

少し肌寒くなってきたため、持ってきていた外套《がいとう》を羽織ると、石畳の歩道を足早に進みながら今週の出来事を思い返していた。

予想通り、例の縁談を用意してくれた上司の落ち込みようは凄《すさ》まじかった。

お見合い当日に先方から縁談結果が伝わっていたらしく、週明け早々大げさなほどの労《ねぎら》いの言葉をかけられた私は、今週一週間を通してまるで腫れ物に触るように扱われていた。

初めて縁談をお断りされたわけでもなく気にする必要もないことを伝えようかとも思ったが、どちらかといえば上司の落ち込みようの方が激しく、終始肩を落としている様子を見てしまうと、申し訳なさも相まって上司の傷心に付き合うつもりで甘んじてありがたいお気遣いを受け入れた。

遠巻きにされたかと思えば必要以上に気遣われたりと、そんな一週間を過ごしたおかげで、普段よりもどっと疲れてしまった気がする。

今日の帰り際にも呼び止められ、「応援しているからね！」と両手を握りしめて声援を送られれば、苦笑いを返すしかなかった。

そんな上司の良い笑顔を思い出しながら申し訳なく感じていると、やけに豪奢《ごうしゃ》な馬車とすれ違う。

平民の住居が立ち並ぶこの辺りで、貴族が使用するような馬車が通ることは珍しかった。

——そういえば今日は週末だった。

この辺りに馬車が通るということは、恐らく母が帰ってきたのだろう。

母はその語学力を認められて、王太子妃教育の講師の一人として王城に勤めている。

少し前に王太子妃候補の変更があり、一から教育する必要が出てきたことから、母は王城に泊まり込み、朝から晩までつきっきりで指導する生活を送っているらしい。

その都合で、ここ数ヶ月は自宅へ戻るのも数週間に一度くらいになっていた。

ちなみに教育熱心な母は、私に対しても専門の語学は教え子と同等の知識を、礼儀作法については貴族相手の仕事に就いても困らない程度には指導してくれた。

幼い頃は嫌々受けていた指導だったが、成人して働き始めてからは役に立つことも多いので母には感謝している。

「あ、姉ちゃんおかえり。遅かったね」

玄関の扉を開ければ、ちょうど自室に戻ろうとしていたらしい末の弟と鉢合わせた。

「ただいまリアム。そこで馬車とすれ違ったけど、お母さん帰ってる？」

「うん、なんか姉ちゃんに話あるって。この間のお見合いのことかな？」

考え込むように眉根を寄せたリアムにぎょっとする。

そもそも先日のお見合いは職場づての紹介だったため、家族には話していなかった。

「なんでお見合いだと？」

「えっ違ったの？　姉ちゃんが本屋以外の方向に出てったからお見合いだと思ってたけど」

的確な指摘に、ぐうの音も出ない。

言われてみればここ数年、平日は職場との往復、休日はいつもの本屋と決まりきった行動パターンしかとっていなかった。

規則正しく変化のない行動を繰り返していたことが仇《あだ》となったらしい。

「その感じだとまたお断りされた感じ？」

「まあ、そうね」

「姉ちゃんさーいつ結婚すんの？　さすがに心配なんだけど」

十四歳離れた弟の呆《あき》れたような発言が、痛いところをついてくる。

結婚を望む望まないは私の自由としても、こうして周囲に心配をかけていることは事実だった。

「ハリク兄ちゃんもエンデン兄ちゃんも二十歳頃に結婚してたじゃん。俺、友達に誰かいないか聞いてみようか？　年の離れた兄ちゃんいる奴だっているしさ」

「余計な心配はしないでよろしい」

その額を指で弾《はじ》けば、弟は痛っと声を上げた。

「気持ちだけもらっておくわ」

「いってぇな。そういうとこだって。人の親切は素直に受け取れよな」

額を摩《さす》りながらこちらを睨《にら》んでくる弟は、案外的を射たことを言ってくる。

「そうね。紹介は要らないけど、リアムの優しさには感謝することにするわ」

「わっやめろよ！　もう子供じゃねぇんだから！」

頭を撫《な》でると照れくさかったのか、どこで覚えてきたのかわからないような言葉遣いで憎まれ口を叩《たた》く。

リアムに名前をあげられた二人の弟も、このくらいの年の頃は同じようなことを言っていた気がする。

その弟達も、それぞれ二十歳を過ぎた頃には結婚をして家を出た。

最後に残っている末の弟が彼らと同じようなことを口にする姿を見ると、なんだか懐かしくなってしまう。

「はぁ。母さん待ってるだろうし早く行けば？」

「はいはい、教えてくれてありがとう」

リアムにお礼を伝えると客間に向かう。

帰って早々呼び出しがあるということは、弟の言う通り先日の縁談に関することかもしれない。

そんなことを考えながら、少々重い気分で客間へと足を向けた。


客間に入れば、持ち帰った書類を机に広げていた母から勧められるままに向かいの長椅子に腰を下ろす。

書類を机の端に纏《まと》めた母は、私に向かい合うと予想外の提案を口にした。

「お見合い、ですか？」

「ええ、是非貴女《あなた》にと声をかけていただいたの」

母の言葉に、正直またかと呻《うめ》きそうになる。

前回の縁談も、上司から是非にと声をかけられて受けたものだった。

先週に引き続きの縁談話に正直気乗りがせず、なんと答えようかと黙り込んでいると、こちらの様子を察したのか母が白い封筒を取り出して机に置いた。

「三日間お会いすることが前提の少し変わった縁談でね、アメリア様個人からのご紹介なの」

「アメリア様……ベレッタ侯爵家のアメリア様ですか？」

意外な名前に、思わず聞き返してしまう。

アメリア様とは母の教え子で、王太子殿下の元婚約者だったご令嬢だ。

元子爵令嬢であった母は、学者である父と結ばれるために平民となったが、その語学力と卓越した指導力を買われて、妃教育の講師の一人として王城に招かれていた。早くに実母を亡くされていた彼女を心配し、母は個人的にも連絡をとっていたらしい。

我が国の窮地を救った英雄である魔術師に望まれて、数ヶ月前に他国へと嫁いだという噂《うわさ》は、平民である私でも知っている。

下町ではその出来事を題材とした大衆劇が人気を博しているし、二人の恋物語は国民のほとんどが知っているほどに有名になっていた。

そんな彼女と母との親交が未《いま》だに続いていたことに驚かされたが、それよりも理解できないのが、なぜそんな方から縁談が持ちかけられるのかということだ。

「今は嫁がれてレントワールで過ごしていらっしゃるけどね」

「町の噂は耳にしております。しかし、そのアメリア様にお声がけいただいた理由がわからないのですが」

アメリア様と私の間には、全くといっていいほど接点がない。

一度母の使いで登城した際にお姿を拝見したことがあるが、遠くから見ただけで言葉を交わす機会などなく、彼女の方は当然こちらを認識してもいなかっただろう。

可能性があるとすれば、母が私の話を彼女の耳に入れたということくらいだろうが、そんな縁遠い相手にわざわざ縁談を持ち込むだろうか。

どう考えても、自分を指名される心当たりは全くない。

「以前アメリア様に一度貴女の話をしたことがあってね。そのときの話を思い出して、お見合いを求めていらっしゃる方に相応《ふさわ》しい相手として、貴女がいいのではないかと思われたそうよ。貴女のことも一度話しただけなのに、覚えてくださっていて嬉《うれ》しいわ」

「はぁ……」

母が私についてどんな話をしたのかはわからないが、この縁談を非常に喜んでいることは伝わってくる。

昔から母は、熱心に王太子妃教育に打ち込むアメリア様のことを気に入っていた。

そういう贔屓目《ひいきめ》もあって、彼女の紹介する相手であれば間違いないと考えているのかもしれない。

「貴女の休みに合わせてレントワールでお見合いの場を設けたいと都合を聞かれているの。送り迎えはあちらがしてくださるそうよ」

「そうは言われましても、あちらに移動するだけでも数日はかかりませんか？」

レントワールと言えば、海の向こうの大陸にある魔術大国だ。

普通に海を渡って大陸に向かうだけでも数日はかかる。

「魔術を使えば一瞬で移動できるらしいわ。エルザなら興味あるでしょう？　昔から幻想的な物語を好んでいたし」

確かに魔法や魔術が登場する物語は、昔から好んで読んでいた。

魔術を実際に見ることができると聞けば、少々興味を惹《ひ》かれてしまうところもある。

「それに、これ。貴女宛《あて》にと同封されていたの」

そう口にしながら、母は封筒の中から一枚のカードを取り出して私の前に置いた。

机に置かれたそれを手に取ってみれば、飾り気のないシンプルな白いカードの中央に、お世辞にも綺麗《きれい》とは言えないような文字が並んでいる。

少し角ばった癖字で書かれていたのは『貴女に会えるのを楽しみにしている』という短い一文だった。

「これは一体？」

「ご本人が書かれたそうよ。なんでもレントワールでは、お会いする前にメッセージカードを贈る習慣があるらしいの。素敵よね」

母の言葉を耳にしながら、手元のカードを見つめる。

カードの文字は、良く言えば個性的、悪く言えば手習いを始めたばかりの少年のような文字だった。

所々インクが滲《にじ》むほどに強く押しつけられたような痕跡があり、一文字一文字丁寧に書かれただろうことは読み取れる。

「貴女に会いたい気持ちが伝わってくるでしょう？」

うっとりとした様子で、母はほうっと溜《た》め息をつく。

カードに書かれているのは、何度見ても酷《ひど》い文字ではあった。

インクの滲んでいる箇所もあるし、力を込めすぎて線も歪《ゆが》んでいる。

ただその歪《いびつ》さが相手の一生懸命さを物語っていると言われれば、確かにそんな気もしてくる。

『貴女に会えるのを楽しみにしている』

インクが滲むほどに丁寧に書かれたこの文字を、相手は一体どういうつもりで書いたのだろうか。

この筆跡からするに、恐らく文字を書くのは苦手な方なのだろう。

苦手ながらもこうしてメッセージカードをくださったのは、母の言うように私に会いたいと思ってくれている気持ちが少しでもあったのだろうか。

そう考えながら見てみれば、この歪に角ばった文字もなんだか相手の努力の結晶のように思えてくる。

――リアムが初めてくれた手紙も、こんな感じだったわね。

弟が平民学校で文字を習ったばかりの頃に、所々間違えつつも一生懸命書いてくれた手紙のことを思い出した。

縁談相手に自分が選ばれた理由はわからなくても、相手が少しでも私に会ってみたいと考えてくださっているならば一度会ってみるのもいいかもしれない。

たとえ自分に都合のいい解釈をしてしまっているとしても、このカードに丁寧に文字を記してくださった気持ちには応えたいと思った。

「わかりました。このお話お受けいたします」

私の言葉に、母はパッと表情を明るくする。

「いい返事が聞けて良かったわ。せっかくだから新しい服を仕立てましょう」

そう言う母の声は弾んでいて、なんだかんだこの縁談に期待を寄せていることが伝わってきた。

母の期待に添えられるかはわからないが、まずは会うだけ会ってお互いを知る機会にできればいいと思う。

それにせっかく魔術大国レントワールに行けるのだから、魔術という異文化に触れる貴重な機会だと考えてみてもいいかもしれない。

「お相手の方はレントワールで魔術師をされているそうで、アメリア様の義理のお兄様だそうよ」

「はい？」

思わず聞き返してしまった。

今、とんでもない言葉を聞いてしまった気がする。

「お相手の方は魔術師として働かれているそうよ？」

「いえ、そちらではなくて」

きょとんとした様子の母に、思わず語尾を強めてしまう。

「アメリア様のお義兄様《にいさま》でもあると聞いているわ」

予想外の事態に、メッセージカードを持つ手が小刻みに震えた。

母は私の動揺を理解していないのか、不思議そうに首を傾《かし》げる。

「……アメリア様のお義兄様ということは、噂の英雄のお兄様ということですよね？」

恐る恐るその言葉を口にする。

市井《しせい》で働いていれば、我が国の英雄についての噂も何度も耳にしていた。

「ええ、我が国の英雄ロワール様のお兄様よ」

母は平然と笑顔で答える。

お二人の恋物語が人気を博したのは、そのドラマティック性も一つの要素だった。

アメリア様を褒賞として望んだ英雄ロワール様は、魔術師でありながら、実は身分を隠した魔術大国レントワールの王子様だったという話は、多くの女性に夢を抱かせた。

「そうすると、お見合い相手となる方はレントワール王家の……」

そこまで口にして、ようやく母は私の言いたいことに気付いたらしい。

「ええ、そうね。第五王子にあたるそうよ」

その返答に頭の中が真っ白になった。

——どうしてそんな縁談が私に？

黙り込んでしまった私をどう捉えたのか、母は楽しげにアメリア様からの手紙を封筒に収め始める。

「当日が楽しみだわ。アメリア様にお会いしたらよろしくお伝えしてちょうだいね」

浮かれた様子の母はそう口にすると、呆然《ぼうぜん》とする私を部屋から送り出した。

私の手元には、その王子様が書いたらしい白いメッセージカードだけが残っていた。

2　異国でのお見合い

「お初にお目にかかります。ご招待を受けて参りましたエルザ・バネッサと申します。母がお世話になっております」

早朝に迎えに来てくれた侯爵家の馬車に乗ってベレッタ侯爵邸を訪れた私は、出迎えてくださった相手に礼をとる。

「初めまして、エルザ様。こちらこそバネッサ夫人には王太子妃教育で大変お世話になりました」

向かい合う女性からは、鈴の音色のような軽やかな声が返ってくる。

平民では滅多にいない艶やかな白銀色の髪に、陶磁器のような滑らかな白い肌。薄紫色の瞳は長い睫毛《まつげ》に縁どられており、以前遠目で見かけた頃と変わらぬ姿のアメリア様がそこに立っていた。

間近でお姿を拝見するのは初めてだが、まるで絵画から抜け出してきたような容姿のアメリア様を前にして、その眩《まぶ》しさに思わず目を細めてしまいたくなる。

「この度は、お相手側の強い要望もあり、三日間という連日のお見合いにお時間をくださりありがとうございます」

「こちらこそ、このような機会をいただきまして感謝申し上げます」

私の言葉にアメリア様が微笑《ほほえ》み返せば、まるで背後に色とりどりの花が咲き乱れる幻覚さえ見えるような気がしてくる。

そんな彼女の後ろでじっとこちらを眺めている背の高い男性は、恐らく我が国の英雄ロワール様なのだろう。

伸びかけの濃紺の髪に、遠目から見ても緑の色彩が不思議と反射して見える金緑の瞳。整った顔立ちをしているのだがその表情は硬く、普段着であろう飾り気のない服にシンプルなローブを羽織っていた。

目が合ったため軽く会釈をすれば、つられるように頭を下げられる。

私達のやり取りに気付いたのか、所在なさげな彼の方を振り返ったアメリア様は小さく笑った。

下町では『国を超えた運命の出会い』だの『苦境の御令嬢を救い出す英雄魔術師』だのと派手な文句をつけられているが、実際のお二人の関係はなかなか微笑ましいものなのかもしれない。

「母もアメリア様の教育に携われることを誇りに思っております。今回のアメリア様からのご紹介もそれは喜んでおりまして、よろしく伝えてほしいと言付けられて参りました」

「嬉《うれ》しいわ。バネッサ夫人にもどうぞよろしくお伝えください」

母の指導のおかげで、貴族相手でも言葉遣いや挨拶の仕方に不安はない。

ただ緊張もあいまって、いつも以上に無表情になっているだろうことは自分でも感じていたため、不快な思いをさせていないだろうかとひっそりとアメリア様の表情を窺《うかが》えば、こちらを見つめていたらしい彼女と視線が合った。

アメリア様は驚きからか何度か目を瞬《しばたた》かせたものの、少しだけ首を傾《かし》げると目を細めて柔らかく微笑む。

その花が綻ぶような笑顔に、王子様に見初められるヒロインとはこういう方のことを指すのかと思わず感心してしまった。

胸中でそんなことを考えていると、彼女の背後に立っていたロワール様が何かを耳打ちする姿が目に映る。

英雄であり魔術大国レントワールの王子であると、我が国では知らない者はいないほどに有名な彼だが、鈍色《にびいろ》のローブを纏《まと》い黒曜石が連なった装飾品をいくつも首から下げている姿は、『大国の王子様』というよりは正直『怪しげな魔術師』といった風体である。

王族とは皆自らを着飾り鷹揚《おうよう》な態度で人々に接する印象を持っていたが、自分の勝手な思い込みだったと、心の中でひっそりと考えを改めた。

そんなことを考えていると、奥から年若い青年がこちらの方へ駆け寄ってくるのが見えた。

年の頃と整った身なりから推測するに、彼が母から聞いていたベレッタ侯爵家の御嫡男であるアレク様だろう。

アレク様はアメリア様と言葉を交わすと、皆を侯爵邸の一室へと案内してくださる。

促されるままに邸《やしき》の中でも奥まったその部屋に入ると、床の中央辺りに円を描くようにして見知らぬ文字が刻まれた模様が描かれていた。

「エルザ様、お手をどうぞ」

アメリア様から差し出された手に己の手を重ね、導かれるままに模様の中へと足を踏み入れる。

「今からレントワールへと移動いたします。体調など何か変化がございましたら、すぐにお声がけくださいませ」

　彼女の背後にピタリとついているロワール様を含めた三人が模様の中心に並び立つと、アメリア様はアレク様の方を振り返った。

「それではアレク、くれぐれも今日のことは内密にお願いね」

「もちろんです、姉さん。あっ私名義の商会の方々も姉さんに会いたがっていたから、また近々来てくださいね」

「ふふ、またの機会に伺うわ」

　二人の会話から察するに、アメリア様はレントワールに渡られたあとも、何度か我が国へ帰ってきていたのだろうか。

　この三日間のお見合いも通いでいいとおっしゃっていたし、レントワールの魔術を使用すれば、国同士の移動も簡単にできてしまうのかもしれない。

「また夕方頃、エルザ様をお連れするわね」

「はい、お待ちしております」

　姉弟の会話が終わると、不意に足元の模様が鈍い光を帯びる。

　――もしかして、これが魔術かしら。

　突然の変化に驚くが、隣に立つアメリア様が動揺されていないということは特に問題ないのだろう。

　物語や他国の資料で魔術の記載を目にしたことはあるが、実際に経験するのは初めてだ。

　一体今から何が起こるのかと思いつつ、足元の光を見つめる。

淡く発光している文字たちは、徐々に赤く染まり始め、円を描くように周囲を包み込む。

初めて目にした魔術を興味深く眺めていると、鈍かった光が突然眩《まばゆ》いほどの輝きになり、思わず目を瞑《つぶ》った。

眩しかった光がふっと消えた瞬間わずかな浮遊感を感じ、その直後自分の重みが戻ってきたかのような感覚を覚える。

「エルザ様、もう目を開けられても大丈夫ですわ」

アメリア様の言葉に恐る恐る瞼《まぶた》を上げれば、まず足元の絨毯《じゅうたん》が視界に入った。

目を閉じる前とは色の変わった絨毯には、ベレッタ侯爵邸で見たものと同じような円形の文字列が描かれている。

ゆっくりと視線を上げれば、そこはどこかの邸の一室ではあるものの、先程までいた部屋とは全く別の部屋になっていた。

「あの、ここは……？」

「ロワール様のお邸です。ベレッタ侯爵家から転移の魔術陣を使って、直接移動いたしました」

目を瞬かせるばかりの私に、アメリア様は嬉しげに微笑んだ。

「私も初めて転移の魔術を経験したときは驚きました。一瞬で別の場所に移動しているなんて、不思議ですよね」

どうやら今の一瞬でレントワール――海の向こうの大陸にある魔術大国へ移動してしまったらしい。

まるで魔法のような出来事を目の当たりにして、ついキョロキョロと周囲を見回してしまう。

海を挟んだ遠方の国まで一瞬で移動できるなんて、魔術というものはなんて使い勝手のいいものなのだろうか。

こんな便利な方法があるならば通勤や遠方への移動も時間がかからないだろうし、魔術大国では移動に限らず生活の中で様々な用途で使われているに違いない。

驚きと興奮のまま先程の光について質問をしようとした瞬間、ぐらりと身体《からだ》が傾いだ。

次に感じたのは、床に敷かれた絨毯に膝をついた感覚。

天地がわからずくらくらと目が回るような状態に、何が起こったのかと混乱する。

「エルザ様!?　大丈夫ですか？」

アメリア様の声が、遠く聞こえる。

「え、ええ……なんだか目が回って……」

ぼんやりとした視界の中に、驚きの表情を浮かべる二人が映った。

「アメリア悪い、席を外す。後を頼む」

まるで度が合わない眼鏡をかけているような感覚の中で、耳に入ってきたのはロワール様のそんな言葉だった。


「ご体調はいかがですか？」

ベッド脇の椅子に腰を下ろしたアメリア様は、気遣わしげな視線をこちらに向けた。

「問題ありません。こちらこそご心配をおかけいたしました」

立ち上がろうとしたものの制止されたため、ベッドの上に上半身を起こしたままで言葉を返す。

レントワールに移動した直後に体調を崩したらしい私は、客間で横にならせてもらうと小一時間眠ってしまっていたらしい。

目が覚めればすっかり眩暈《めまい》のような症状も治まっており、昼食にと使用人の方が持ってきてくれた食事も口にすることができた。

私が回復したと連絡を受けて、心配してくださったアメリア様がこの部屋に訪れてくれたようだった。

「ロワール様は非常に魔力のお強い方で、その魔力が周囲の人に干渉して体調不良を起こしてしまうことがあるそうなのです。今回の移動についても一応の配慮はしていたようなのですが、対策が足らない状態で魔力を使用したために影響が出てしまったようです。私自身も魔術についての理解が浅く、エルザ様にお辛《つら》い思いをさせてしまったことを心からお詫《わ》び申し上げます」

「いえ、謝っていただくことではありません。我が国では魔術そのものがありませんし、私の方こそ不勉強でなんの準備もできておりませんでしたから」

「お気遣いありがとうございます」

私の言葉に、アメリア様は申し訳なさそうに眉尻を下げて微笑んだ。

「あの、魔術による移動ができないのでしたら、帰りはどうすればよいのでしょうか？」

体調不良の理由は理解できたが、移動のたびに体調を崩してしまうのであれば、帰りは船を使って移動する以外方法はないように思える。

「ご安心ください。ロワール様が『魔封じ』というものを身に着けることで、ある程度周囲への影響を抑えることができるそうです。それでも難しい場合は、密室を避け距離をとる方法もあるとのことですし、いざとなれば方法はいくらでもあるそうですわ」

ロワール様の魔力による体調不良を起こしたからといって、魔術による移動が利用できなくなるわけではないらしい。

さすがに帰りが船旅となると来週の仕事に影響が出てしまいそうだと思っていたので、ほっと胸を撫《な》で下ろした。

「ただ、今日のお見合いについて私達も臨席するつもりだったのですが、エルザ様の体調を考慮して少し離れた場所から見守らせていただこうと思っております」

アメリア様の言葉に、本来の目的を思い出してハッとする。

そういえば今日はお見合いのために、わざわざ遠方の国まで移動してきたのだった。

魔術を初めて目の当たりにしたことと、思わぬ体調不良ですっかり忘れていたことを反省する。

「申し訳ございません。私の体調不良で先方をお待たせしてしまいまして」

「エルザ様がお気に病む必要はございませんわ。この国でこういった体調不良は非常に身近なものらしく、エルザ様の体調次第で日程を調整する話で了承をいただいております。顔色も幾分か良くなられたかと思いますし、問題なければ午後のティータイムに合わせて顔合わせをされるのはいかがですか？」

「はい、問題ありません」

「かしこまりました。それでは先方にもそのようにお伝えしてまいりますね」

そう言ってアメリア様は椅子から腰を上げた。

「あの」

扉へ向かおうとする彼女の背中に向かって、つい声をかけてしまう。

振り返った彼女に「何か？」と問われても、すぐには言葉が出てこなかった。

黙ったままの私を不思議そうに眺めるアメリア様が視界に映り、慌てて姿勢を正す。

「……アメリア様はお相手の方とお会いになったことはあるのでしょうか？」

口から出たのはなぜかそんな質問だったのだが、私の質問をどう捉えたのか、彼女は少し頬を緩めて嬉しそうに微笑んだ。

「はい。ロワール様とご挨拶に伺った際に」

「アメリア様から見て、お相手様はどんな方でしょうか？」

アメリア様は何度か瞬《まばた》きを繰り返すと、記憶を辿《たど》るように顔を俯《うつむ》けながらその手を頬にあてる。

「そうですね……私も一度お会いしただけですが、ロワール様に似ていらっしゃったかと思いますわ」

ロワール様に似ているということであれば、どちらかといえば素朴で寡黙な性格なのだろうか。

自分自身も言葉数の多い方ではないことを自覚しているため、巧みな話術を求められると困るところだったが、ロワール様のように寡黙な方だというのならばそんな必要もないだろう。

アメリア様の言葉に、小さく胸を撫で下ろす。

「大変参考になりました。ありがとうございます」

「参考になったのならば幸いですわ。それでは私は準備をしてまいりますね」

そう言い残した彼女は美しい礼をとると、そのまま退室していった。

入れ替わりに現れた数名の使用人の方によって、髪を整えたり裾の皺《しわ》を直してくれたりと入念な準備が進められる。

しばらくしてコンコンと扉を叩《たた》く音が部屋に響くと、顔を出した女性に「会場に案内いたします」と告げられた。

その背に付き従いながら、広い邸の廊下を進んでいく。

窓から差し込む明るい日の光を眩しく感じながら、緊張とほんの少しの期待を胸に、お見合い会場へと足を進めたのだった。

雲一つない青空、美しい花々が咲き乱れる庭園。

その中央にある東屋には、高級そうなティーセットが整えられている。

先程客間で告げられたとおり、アメリア様とロワール様は少し離れた場所で確かにこちらを見守ってくださっているようだった。

庭園に足を踏み入れ、ここまで案内してくれた使用人の女性が声をかけると、庭園の中心に立っていた男性がくるりとこちらを振り返る。

その手には、こぼれんばかりの赤い薔薇《ばら》の花束が用意されていた。

――話が違う。

相手を目の前にして一番に浮かんだ感想は、大変失礼ながらそんな一言だった。

アメリア様は、お見合い相手はロワール様と似ているとおっしゃっていた。

しかし、それは恐らく顔立ちだけの話だと思う。

男性は長い濃紺の髪をきっちりと結い上げ、白を基調とした礼服に金色の細工の入った華やかなマントを羽織り、キラキラと光を反射する装飾品を全身に着けている。

その眩しさに反射的に目を細めると、誰がどう見ても大国の王子様と言わんばかりの出《い》で立ちの彼は、こちらを見てその金緑の瞳を輝かせながら微笑みを浮かべた。

――帰りたい。

彼と並び立ってしまえば、主人と侍女にしか見えないだろう。

もしくは視察で下町に訪れた王子と案内役の平民だ。

どう考えても、彼と私とでは不釣り合いだった。

あまりに場違いな状況に、軽率にこの縁談を引き受けてしまったことを反省するものの、高貴な身分の方を目の前にして逃げ出すような真似《まね》もできない。

半ば諦めの境地に浸っていると、優雅に一礼をした彼はカツカツと靴音を鳴らしながら颯爽《さっそう》とこちらへ歩み寄ってくる。

まるで物語のワンシーンのような光景を眺めていると、先程まで庭園の中心にいたはずの彼は、気付けばすぐ目の前に立っていた。

頭一つ分背の高い彼だが、柔和な笑みを浮かべているためか威圧感のようなものはない。

身長差から見上げるような形で向かい合えば、突然膝を折った彼はなぜか私の足元に跪《ひざまず》いた。

何が起こったのか理解できないまま瞬きを繰り返していると、ふわりと目の前が赤で埋め尽くされる。

そこには彼が手に持っていた真っ赤な薔薇の巨大な花束が差し出されていた。

「初めまして、私はダレン・レントワール。気軽にダリアールとお呼びください」

優しげな声音で名乗った彼は、目を細めるようにして柔和に微笑む。

「エルザ・バネッサでございます。レントワール王家の方にお目にかかれて光栄です」

一礼してその花束を受け取れば、にこりと笑みを深めた彼は落ち着いた所作でゆっくりと立ち上がった。

ひらりと片手を上げて近くの使用人を呼ぶと、重いでしょうからと花束を預かるように伝えてくれる。

一連の流れがあまりにスムーズで手慣れた様子を見て、こういった贈り物も社交の一つなのだろうと、踏んできた場数の違いを実感してしまう。

花束を受け取った使用人が邸の方へと向かえば、「さてと」と仕切り直しの一言と共に、ダリアール様から改めて優雅な微笑みを向けられた。

「突然ですが、ご体調はいかがですか？」

「良好です」

眩しさに目を細めながら返答を口する。

お見合い時間の変更までしたのだから、先程の体調不良を気にしてくださったのだろう。

事前にアメリア様達から事情は伝わっているとは思うが、再度確認してくださる心遣いはありがたかった。

「私と会って何か不快なお気持ちになられたりは？」

「？　いえ、驚きましたが……非常に、目に鮮やかなお姿かと」

不快に思う理由がわからず、ひとまず言葉を濁す。

彼を目の前にして驚かされたのはそのずっしりと重そうな大量の装飾品ではあるが、レントワールの基準がわからないためなんとも意見のしようがない。

もしかしたら、私の服装が彼の基準ではあまりに質素だったため、逆に気を遣わせてしまったのだろうか。

「それは僥倖《ぎょうこう》、お手に触れてもよろしいでしょうか？」

「あ、はい」

自分の返答に問題がなかったことに安堵《あんど》しながら、差し伸べられた手に自分の手を重ねる。

そのひんやりとした指先に触れると、彼の指が僅かに揺れた。

それはほんの一瞬で、その変化を不思議に思う間もなく、私の手は大きな手に優しく包まれる。

東屋までエスコートするつもりで手をとってくれたのだろうが、事前に触れることに対する許可を求めるなんてなんとも紳士的な振る舞いだと思う。

　こんな完璧な王子様ならどんな女性も振り向いてしまうだろう。

真っ直《す》ぐ東屋へと向かうのかと思っていたが、私の手をとった彼はなぜか足を止めたまま、一向に動き出す気配がなかった。

　重ねた私の手をじっと見つめている彼を不思議に思いながら様子を窺っていれば、こちらの視線に気付いたのか、彼は思い出したかのように優しげな微笑みを浮かべる。

「何か違和感があったりしませんか？」

　違和感の意味がわからず、首を傾げそうになる。

「……違和感と言いますと、ダリアール様のお手が想像していたよりも冷たかったくらいです」

　一番確かな事実を口にすると、なぜか彼は嬉しそうに破顔した。

「さすが、かの国出身なだけありますね！」

　その不可解な返答を疑問に感じながらも、ひとまずこの回答で正解だったことに胸を撫で下ろした。

「できればもっと肌を触れ合わせていきたいところですが、弟からも念を押されていますのでゆっくりお話しできればと思っております」

　――聞き間違いだろうか。

　正直初対面の相手に対して口にするには、あまりに非常識な言葉が聞こえた気がする。

『肌を触れ合わせる』とは即ち直接的な接触を望んでいると聞こえるのだが、その発言をした相手は顔色を変えることもなく眩いばかりの笑顔をこちらに向けている。

先程から噛《か》み合わない会話が続いていることを考慮すれば、恐らく『肌を触れ合わせる』という言葉に、こちらの考えているような意図はないのだろう。

「……こちらこそ、よろしくお願いいたします」

手をとられたままの状態で、彼の申し出を受け入れる。

私の返答に笑顔を返したダリアール様は、ようやく東屋へと足を向けた。

それにしても『かの国出身なだけある』とはどういう意味なのだろう。

彼との会話の所々に違和感を覚えることが多いが、出身国の違いが生み出しているものなのだろうか。

国が違えば文化も違う。

随所でそんな感覚を実感しながら、引かれる手に導かれるままに東屋へと足を踏み入れたのだった。


私を席に着かせた彼は、流れるように向かいの椅子に腰を下ろした。

その所作は一つ一つが丁寧で優雅であり、彼の華やかな衣装が加わると、まるで舞台のヒーローが鮮やかに登場する場面にも見える。

彼が白い椅子に座っているだけで、そこはまるで絵画を切り取ったようだった。

私達が席に着けば、給仕が温かいお茶をそれぞれに用意してくれる。

カップに注がれた琥珀《こはく》色の水面を眺めていると、いつのまにか準備を終えたらしい給仕の女性は、一礼をして隅の方へと移動していった。

二人きりになった空間に沈黙が訪れる。

顔を上げれば、少し離れた場所にアメリア様とロワール様の姿が見えた。

こちらの視線に気付いていないのか、二人は言葉を交わしながら少し離れた長椅子に腰を下ろしたようだった。

二人の様子を眺めていると、正面から小さな咳払《せきばら》いが聞こえた。

ハッと視線を戻せば、向かいの相手と目が合う。

ダリアール様はその瞳を細めて優しげな笑顔を浮かべると、先程よりも少し大きい咳払いをして、ゆっくりと指を組んだ。

「不躾《ぶしつけ》な質問で失礼ですが、ご年齢をお伺いしても？」

「今年二十九歳になりました」

「私は二十六歳です！　ちょうどいいですね」

弾んだ声が返ってきたことで、つい首を傾げそうになってしまう。

つい先日二十五歳の青年に年が離れすぎていると言われたばかりだが、レントワールでは三歳の年の差はちょうどいい年齢差なのだろうか。

確かに国が違えば、年の差の捉え方も違うのかもしれない。

彼の言葉を疑問に感じながらも、給仕が用意してくれたカップに口をつければ、ほんのり温かいお茶がのどを潤してくれる。

「ご趣味は？」

「読書です。ダリアール様のご趣味は？」

「特に――コホンッ、たまには乗馬なども嗜《たしな》みます」

乗馬とはなんとも王子様らしい趣味だと思う。

『白馬に乗った王子様』といえば物語の王子様の鉄板でもあるし、この容姿なら白馬なんかもさぞ似合うのだろう。

「休日はどのようにお過ごしですか？」

「図書館や本屋に通うことが多いです」

ははは、というダリアール様の笑い声が響く。

会話が途切れ、静かになった東屋にはなんとも重い空気が立ち込めていた。

ダリアール様は柔和な笑みを浮かべているものの、なぜか壊れた機械のように先程からお茶の入ったカップを上げ下げしている。

その速さでお茶を飲んでいればすぐに飲み干してしまうと思うが、気を利かせた給仕が素早く注ぎ足すのでカップが空になることは免れているようだった。

乗馬が趣味の彼と、趣味が読書で休日まで本を中心に行動している私とでは、ほぼほぼ共通点もない。

お互い相容《あいい》れるような点もなく、次の話題が見当たらないのだろう。

明らかに困っている様子の相手に何か話題を提供できればいいのだが、あいにくなんの考えも浮かんでこない。

そもそも立場が違いすぎるのだ。

身分差も大きければ、性格も正反対なように思える。

表面的にはにこやかに取り繕っているものの、彼も今頃メッセージカードを書いたときに想像していた相手とは違ったと、私とのお見合いを後悔しているかもしれない。

そんなふうに考えていると、ふとポケットに入れてきたものの存在を思い出した。

――そういえば、なんとなく持ってきてしまっていたわ。

そっとワンピースのポケットに手を伸ばし、こっそり忍ばせていたメッセージカードを取り出す。

「あの、これはダリアール様が書いてくださったものでしょうか?」

カードを机の上に置くと、彼はきょとんとした様子でそれを覗《のぞ》き込んだ。

飾り気のない白いカードに、綴《つづ》られた一行のメッセージ。

あまりにも筆跡と見た目の印象が違ったため、もしかしたら使用人に書かせたものかもしれないとも今更ながらに考えてしまう。

身分の高い方が代筆をさせることはよくある話だ。

もっともそういう場合は一般的に達筆な者に任せることが多いが、何か事情があって今回は例外だったのかもしれない。

そんな疑念を抱きつつ彼の様子を窺っていると、テーブルの上に置かれたものが何かを認識したダリアール様は、なぜかそれまで浮かべていた笑顔をぎくりと強張らせた。

そして見る見るうちに血の気を失っていく。

「ダリアール様？」

真っ青な顔でカードを見つめている相手に、思わず声をかけた。

「あの、これは持ってきてはいけないものでしたか？」

「……あっいえ！　だ、大丈夫です！」

勢いよくのけ反った彼は、動揺を隠しきれないまま視線を泳がせていた。

やはり自分の予想が当たっていたのだろう。

彼がこのカードを書いた本人ではなく誰かに書かせたからこそ、後ろめたさを感じて過剰に反応しているのかもしれない。

このメッセージカードに、自分の期待したような感情はなかったのだ。

そう思うと、なんだか肩透かしを食らったような気持ちになった。

「このカードを書かれたのは、ダリアール様ではなかったのですね」

「え？」

虚を突かれたような表情の相手を見て、小さな溜《た》め息がこぼれてしまった。

実際にお会いしてみて立場が違いすぎると自覚しておきながらも、心のどこかで自分に会いたいと思ってくださっていた相手との縁談だと期待していた自分に、思わず笑ってしまいたくなる。

「もしこのカードを書かれたのがダリアール様でないのならば、正直に教えていただきたいです」

「それは、どうして……」

彼の戸惑った様子を見て、少しだけ回答を迷った。

正直に答えてしまえば、自分がこの縁談に夢見がちな期待をしていたことを露呈してしまう。

それはどうにも気恥ずかしく思いながらも、このカードを書いたのが彼でないのならば上辺だけの縁談を続ける意味もない気がした。

「興味を持ったからです」

机に置いたカードを手に取り、向かい合って座る相手を真っ直ぐ見つめる。

「私はこの丁寧に書かれたメッセージカードの文字に惹《ひ》かれて、この場に来ることを決意しました。インクが滲《にじ》むほどにしっかりと『会いたい』と書かれた文字に、心がこもっているのではないかと勝手に期待したからです」

今考えてみれば馬鹿げた話だと思う。

縁談相手の大国の王族が、小国の平民に会いたいと思うだろうか。

そんなことにも気付かずに、メッセージカードの文章に小さな期待を抱いてこの場に臨んだ自分が滑稽で仕方がない。

「ですから、このメッセージを書かれたのがダリアール様でないというのでしたら――」

「お――私です！　私が書きました！　なんなら今からここで同じものを書きます！」

私の言葉は、突然の大声にかき消された。

「私の筆跡かどうかをお疑いのようですから、今ここで証明します！」

勢いのままに立ち上がった彼は、控えていた使用人に紙とペンを持ってこさせようとしたため、慌てて引き止める。

「どうして止めるんですか!?　私の文字かどうかを疑うなら証明しようと——」

「いえっあの……本当にダリアール様が？」

「そうだと言っています！」

大声で言いきったダリアール様は、肩で息をしながらまるで睨《にら》むようにしてこちらを見つめている。

確かに真偽を問うてしまったが、大事にしたいわけではない。

これまで王族らしい落ち着きを見せていた彼の突然の変わりように驚きながらも、メッセージカードを書いたのが彼だと聞いて、なんだか嬉しいようなくすぐったいような気持ちになる。

それにしても、本当に本人が書いたというのなら先程の反応は一体なんだったのだろう。

もしかしてレントワールでは相手に贈ったメッセージカードを見せるという行為は、何か失礼な意味があったのだろうか。

そんなことを考えている間も、彼は机に手をついたまま、落ち着かない様子でじっとこちらを見つめている。

「驚かせてしまったのでしたら申し訳ございません。疑っていたという点は否定できませんが、その……ダリアール様のご様子を拝見して、この文字の主だということが少し意外に感じたと申しますか——」

「悪筆だと正直に言っていただいて構いません」

言葉を濁したはずが、的確に言い当てられてしまい思わず言葉を呑《の》み込む。

私の返答に深い溜め息をつくと、浮かしていたままだった腰をそろそろと下ろした彼は、力ない様子で再び椅子に座った。

「お――私は昔から字を書くのが得意でなくて、貴女《あなた》がその、お――私の文字を気に入ってくださっていたとは思いもよらず……取り乱してしまってすみませんでした」

動揺を引きずっているのか、所々口ごもりながら照れくさそうに頬を掻《か》く姿は、なんだか少し幼く見える。

そんな様子に不敬ながらもまるで弟のようだと親しみを感じて眺めていると、しばらく経《た》って幾分か気持ちが落ち着いたのか、ダリアール様はおずおずとこちらに視線を向けた。

「あのメッセージカードを書いたのは、確かに私です。その、喜んでいただけたのであれば嬉しいです」

先程までとは違うその姿に、思わず目を瞬かせる。

一瞬優しげな笑顔を浮かべたかと思えば、すぐに視線を外してしまった彼は、これまでの余裕が嘘《うそ》のように、王子様というよりはまるで少年のようだった。

――もしかしたら、案外わかりやすい性格なのかしら。

そんなふうに感じていれば、その後ダリアール様の方から今日はこの辺でと提案があり、明日の約束を交わして本日はお開きとなった。

ベレッタ邸へと送っていただいた後、アメリア様に見送られて馬車へと乗り込む。

「明日も同じ時間くらいにお迎えに伺いますね。本日はお疲れでしょうから、どうぞごゆっくりお休みください」

「お気遣いありがとうございます」

アメリア様にお礼を伝えると、そのまま馬車は動き出した。

ようやく一人になった馬車の中で、ぐったりと背もたれに身体を預ける。

私の隣には、ダリアール様からいただいた大きな花束が、夕日を浴びてやけに輝いていた。

「おはようございます。本日も良い天気ですね」

眩しいほどの笑顔を向けられ、思わず目を細める。

お見合い二日目の朝は、転移先の部屋でダリアール様に出迎えられた。

「おはようございますダリアール様、本日もどうぞよろしくお願いいたします」

一礼をして向かい合えば、さらにいい笑顔を向けられる。

今日のダリアール様は昨日のような華々しい衣装ではなく、普段着にも見える上下に深い色のローブを羽織っており、見るからに王子様という雰囲気ではない。

顔立ちの華やかさは昨日と変わらないが、衣装の影響か随分と印象も変わり、そのおかげもあってなんだか少しだけ肩の力が抜けた。

なんとなく昨日のロワール様に似た服装だなと思い、アメリア様の側《そば》にいる彼の方に視線を向ければ、昨日身に着けていた首回りの装飾品が数本増えており、さらに腰にも同様のものが巻きつけられていた。

「今日は評判の映像劇をご覧になりませんか？　表に馬車を用意しておりますのでぜひ」

その言葉に視線を戻せば、笑顔のダリアール様がこちらを見つめている。

「はい、喜んで」

差し出された手に自分の手を重ねた。

魔術による便利な移動ができるのだから他の手段は必要ないのではないかと思っていたが、レントワールにも馬車は存在するらしい。

小さな共通点に少しだけ安堵しながら、馬車へと乗り込んだ。

お二人に見送られてロワール様の邸を離れると、窓の外にはレントワール国の風景が流れていく。

歩道が石畳であったり街灯の雰囲気が似ていたりと、我が国と同じような景色を見つけては興味深く眺めてしまっていた。

魔術という便利なものが存在していても、人の暮らしはそこまで違わないようだ。

「そういえば昨日、そちらの国で人気だという『騎士の純愛』を読んだのです！」

――!?

その言葉に、思わず声の主を振り返った。

信じられないような発言に動揺を露《あら》わにしてしまったが、ダリアール様はなぜか嬉しそうにパッと表情を輝かせた。

『騎士の純愛』とは、我が国で流行中の婦人向け官能小説である。

官能小説であるのだから、そういった描写も少なからずちりばめられており、更には婦人向けと銘打っているだけあり、性別問わず愛されるような類《たぐい》の作品ではなく女性がひっそりと秘密の趣味を楽しむような作品だ。

なぜよりによってその本を読もうと思ったのかと尋ねようとしたが、恐らくアメリア様からだろうことが推察され口を閉ざした。

そういえば母が、アメリア様は非常に優秀だが、恋愛方面にだけはひたすらに疎いと話していた気がする。

「騎士が一途《いちず》に相手を追い求めるところは共感できました！　あっいえ、私はそんなしつこく追い求めたりはしませんよ。貴女が距離を置きたいと言うのであれば、例えば邸に貴女個人の部屋を作って一人の時間を差し上げたいと思います」

それは距離を置いていると言えるのだろうかと思うが、その辺りは個人の価値観の違いなのだろう。

思わずふっと笑いが漏れてしまい慌てて手で口元を押さえたものの、私の表情の変化に気付いたのか、ダリアール様はなんだか嬉しそうに頬を緩めた。

「騎士が褒賞として相手を望むシーンは非常にロマンティックだと思いました！　ただ、許しを得てすぐに事に及ぼうとした辺りは少々性急すぎたかと思います。やはり順序を守り段階を経ていくことは必要でしょう」

内容について熱く語り始めた彼を見ていると、今更その本は婦人向け官能小説ですとは言い出せない。

ひとまず本の分野は横に置いておいて、彼の感想に耳を傾けることに決めた。

それにしても、彼は冗談ではなく本当に『騎士の純愛』を読破したらしい。

その事実を目の当たりにして、再び笑いが漏れそうになるのをなんとか堪《こら》える。

「あの性交渉のシーンもしつこすぎましたね！　初めてなのに何度もイかされるのも女性にとって負担でしょうし、俺――ンンッ！　私ならしっかり解すつもりではありますが貴女に無理はさせません」

「ッ……お気遣いありがとうございます」

こみ上げてくる笑いを必死に抑えつけながら、なんとかお礼を口にする。

お見合いの場で相手から婦人向け官能小説の性描写について語られるだなんて、誰が予想できただろうか。

至極真面目に感想を伝えてくれる相手に対して、ここで笑っては失礼だろうと必死に平常心を心がける。

そうは思うものの笑ってはいけないと思えば思うほど感情を抑え込むのが難しくなり、止まらない彼の感想を聞いている私は、気がつけば片手で口元を隠し肩を小刻みに揺らしてしまっていた。

馬車の揺れでなんとか誤魔化せたと思いたいが、実際どうだったかは正直自信がない。

それにしても、ダリアール様の容姿や振る舞いなどは確かに華やかで王族然としているのだが、その声音や軽快な話し方は気取った様子がなく、非常に親しみやすい。

昨日会ったばかりで、身分からすれば雲の上の存在に違いないのに、こんなに親しみを感じる相手は初めてだった。

昨日からなんとなく引っかかってはいたが、恐らく彼の一人称は『私』ではないのだろう。

時々言い間違えて訂正しているところが、普段の一人称を彷彿とさせる。

国を跨《また》いだお見合いの場だから、平常とは違う言葉遣いや仕草に改めているのかもしれない。

——普段はどんな話し方をされるのかしら。

飾らないダリアール様を見てみたい、そんなふうに思った瞬間ふと冷静な思考が蘇《よみがえ》った。

この縁談の間には、埋めようもない身分差がある。

果たして自分の中に、身分差の壁に立ち向かえるほどの彼への気持ちがあるのだろうか。

更にいえば、身分差から決して対等となれない私達の間に、自分の望む一対一の唯一の関係が成り立つのだろうか。

そんなことを考えてしまえば、思わず苦笑を漏らすしかなかった。


映像劇というのは不思議なものだった。

暗い劇場内に大きな白布が用意されており、そこに光を当てればまるで実際そこに人がいるかのような映像が流れる。

大衆演劇しか観《み》たことがなかった自分にとっては、それだけでも十分な驚きだった。

まるで目の前で繰り広げられるような物語にすっかり引き込まれてしまい、映像劇が終わって劇場内が明るくなってからも、しばらくはその余韻に浸っていた。

「楽しんでいただけましたか？」

「はい、非常に面白かったです。我が国にはない観劇方法で驚きました」

「そうなんですね。いつかそちらの国で観劇もしてみたいものです」

そう言いながら柔和に微笑むダリアール様を見て、まるで物語に出てきた貴公子そのものだと思う。

今回観た劇は、主人公である貴公子が愛するお姫様のために、彼女の幸せを願いながら身を引くという切ない恋を描いた作品だった。

――ダリアール様にもそのように恋い慕う方がいたのかしら。

これほどに優美で王族然としている彼が、何もなく二十六歳まで独身であるという方が珍しいと思う。

婚姻に結びつかなかったそれなりの理由があるのだろうとは思うが、例えば長年恋していた相手と結ばれることができずに国外に縁を求めたということであれば、今回の縁談が発生したことにも納得がいく。

もしかしたら、彼が自分自身を偽っているのもそういう理由かもしれない。

彼にとってこのお見合いは、私と向き合うための場ではなく、ただただ結婚相手を探すための場なのだろう。

そう考えると、胸の奥で何かが小さくささくれ立った。

あのメッセージカードを見て、自分を求めてくれているように感じた。

それが嬉しくて、もしかしたら私に会いたいと思ってくださっているのかもしれないと思ったことがきっかけで、この分不相応なお見合いに小さな期待をしてしまっていた。

「どうかしましたか？」

劇場を出て馬車に乗ろうとした際に、ダリアール様は当たり前のようにその手を差し伸べてくれる。

大国の王子であり魔術師でもあるというダリアール様と釣り合うものが、自分の中には何一つ見つけられなかった。

「明日は、できれば一緒に食事がしたいんです。もしよかったら俺――ンンッ！　私の行きつけのお店に行きませんか？」

一人称を言い間違えたのが恥ずかしかったのか、照れ隠しのように彼は頬を掻く。

そんな可愛《かわい》らしい仕草に、思わず口元が綻んでしまった。

ダリアール様に恋心を抱いて傷つきたくない。

そんな臆病心が頭をもたげて、もしかしたらという小さな希望達を飲み込んでいく。

――諦めよう、この人を好きになってしまう前に。

ロワール様の邸に帰ってきたのは、夕刻前くらいの時間だった。

ダリアール様と別れを告げる際、また明日と声をかけられたが、うまく言葉を返すことができず、深く頭を下げるだけでその場を辞してしまった。

ベレッタ侯爵家に移動した後、アメリア様から今日はどうでしたか、と声をかけられる。

恐らく『騎士の純愛』のことを尋ねられているのだと思い、そのことをお話しすれば案の定嬉しそうな笑みを浮かべてくださった。

――もし自分がアメリア様のような貴族令嬢だったら、こんなふうに悩まなかったのかしら。

そんな考えが思い浮かんで思わず頭を振る。

他人を羨むような思考に蓋をすると、一礼をしてベレッタ侯爵邸を後にした。

帰りの馬車の窓から徐々に沈んでいく日を見守りながら、私はそっと縁談をお断りする意思を固めたのだった。


三日目は、昨日よりも少しだけ早く家を出た。

ベレッタ侯爵邸に着くと、まだアメリア様たちは到着されていなかったようで、客間で寛《くつろ》ぐように勧められたが、その申し出を丁重にお断りして転移の部屋で待たせてもらうことにした。

今日は行きつけのお店に一緒に行きたいと言ってくださっていた。

ダリアール様とのお見合い最後の日なのだから、素敵な思い出を作ることができればいいと思う。

自分の奥底にある彼に対する興味が恋心に変わらなければ、今日のやり取りだって美しい思い出として胸に留めておける。

――叶《かな》わない恋をするのは不毛だもの。

心の中でそう呟《つぶや》けば、床の魔術陣がほのかな光を帯びた。

顔を上げると同時に眩い光が室内を埋め尽くし、光の中にアメリア様の姿が現れる。

今日はなぜかロワール様は同行されていないようだ。

いつもぴたりとアメリア様の側にいる彼がいないことを不思議に思いながらも、いつものように礼をとった。

「アメリア様、本日もどうぞよろしくお願いいたします」

「こちらこそよろしくお願いいたします」

アメリア様の返事をいただいてから顔を上げると、不思議そうにこちらを見つめる彼女と目が合った。

「エルザ様、体調が優れませんか？」

その言葉に、まるで心の内を見透かされた気がしてぎくりとしてしまう。

アメリア様は心配してくださっているようだが、こんな浅ましい胸中を吐露していいものだろうか。

そもそもこの縁談自体アメリア様が持ちかけてくれたものなのだから、私の決断が彼女の面目を潰してしまわないだろうか。

——どちらにしろ、アメリア様には前もって相談すべきだわ。

そう決意し胸中の靄《もや》を払うように大きく深呼吸をすると、覚悟を決めて顔を上げた。

「アメリア様、もしよろしければ少しだけお話しするお時間をいただけませんでしょうか」

アメリア様の計らいで侯爵邸の客間に通していただき、温かいお茶が入ると二人きりになる。

静まり返った部屋の中で、私は意を決して口を開いた。

「アメリア様。大変ありがたい機会をいただき恐縮なのですが、誠に勝手ながら今回のお話はお断りさせていただきたいと思っております」

自分の言葉ながら『お断り』の単語にずしりと腹の底が重くなった。

「理由をお伺いしても？」

アメリア様は驚くこともなく、落ち着いた様子でこちらを見つめている。

「ダリアール様は御立派なお方です。私でなくともお相手が見つかるでしょう。大国の王族ならば他国の王族やそれなりの貴族をお相手とすべきだと考えます。ダリアール様も結婚すること自体に重きを置かれているようですし、私でなければならない理由もないと思います」

アメリア様を真っ直ぐ見つめたまま、ハッキリと伝えた。

言葉にしてみれば、誰が聞いても否定しようのない事実だった。

「エルザ様はお互いを唯一とできるお相手をお探しなのですね？」

心の奥底に沈めていた願望を言い当てられ、思わず目を見開いてしまう。

なぜそれを、と問おうとしたが、先程の私の主張から察してしまわれたのだろう。

結婚すること自体に重きを置いている相手を避けて、自分を望んでくださる相手と結婚したいと希望すること、それ自体が私の願望を如実に表していた。

年若い彼女にこんな願望を見透かされたことに、思わず苦笑がこぼれてしまう。

「この歳《とし》になってもお恥ずかしながら。昔からの夢なのです」

だから今までの縁談でも、私自身を望んでくれる唯一の相手に巡り合えることを期待し続けてきた。

「幸い仕事にも恵まれ結婚を急ぐ理由もありませんでしたので、ここまで夢を追い求めております」

「お気持ちわかりますわ。私もそうでしたから」

彼女の言葉に、少なからず驚いた。

王太子殿下の元婚約者だったアメリア様が自分と同じ考えだったとしたら、あの王太子殿下の浮気はどう感じたのだろうか。

一時期町中で周知の事実となっていた王太子殿下と子爵家のリリア様の関係に、酷《ひど》く傷つかれたのではないかと胸が苦しくなる。

窺うような私の視線に気付いた彼女は、柔らかな笑みを浮かべた。

「元婚約者の浮気に心が傷《いた》まなかったと言えば嘘になります。しかしロワール様の褒賞となることを望んだ自分の判断を後悔することはございません。お互いを唯一とできる相手に巡り会えたことを、心から幸福に感じております」

ロワール様という英雄に褒賞として望まれ、唯一の愛を誓ってくれる相手と結ばれた彼女は、やっと心からの幸せを掴《つか》むことができたのだろう。

アメリア様が同じ考えを持っていると知れたことで、ほんの少しだけ気が楽になった。

「まあ、アメリア様も……嬉しいです。この話をすると、大体の人からは妥協しなさいと言われてしまうもので」

年若い頃は理想を夢見ることに問題はなかったが、成人し適齢期となっても同じことを口にしていれば周囲から心配されて助言をもらったり縁談を持ちかけられることも多くなった。

社会に出て年齢を重ねれば、周囲との摩擦を生む発言は適切ではないと理解していたし、いつからか胸中に秘めるだけにしていた願望だった。

「もちろん妥協も大事ですが、己の気持ちも大切にすべきです。折り合いの判断をするのは結局自分なのですから」

その言葉に気持ちが救われていくのを感じながら、同時に罪悪感に押しつぶされそうになる。

確かに自分の理想は先程伝えた通りなのだが、今回の縁談をお断りしようと思った理由はそれだけではなかった。

「私はずるい女なのです。己を唯一としてほしいと願いながら、人を愛したことがありませんでした。自分の気持ちを伝えることも言葉にすることも怖くて、相手に好意を抱きそうになると尻込みをしてしまって自分の気持ちから逃げてばかりです」

ダリアール様に興味を持ってしまった。

それと同時に、自分を偽っている彼が私自身を望んでいるはずがないことに気付いてしまった。

彼に惹かれることが怖くて、恋心を抱いてしまうことが怖くて、一線を引こうとしている自分はただの臆病者だ。

「誰しも自分の気持ちを伝えるのは怖いものですわ。拒まれたら辛いですもの。それでも、相手を好ましいと感じているのでしたら、今のお気持ちだけでも正直にお伝えしてはいかがでしょうか」

こちらの気持ちに寄り添ってくださるアメリア様の言葉に、涙腺が刺激されそうになる。

ダリアール様を好きになってしまうことが怖い。

大国の王族である彼と他国の平民である自分では立場が違う。

たとえ結婚したとしても、自分がいくら彼に好意を抱いたとしても、彼に自分を唯一としてほしいと望むことは難しいだろう。

そんなことは、我が国で身分差婚をした夫婦を見ればすぐにわかることだった。

「エルザ様はダリアール様のことを好ましく感じられているのですか？」

そう口にするアメリア様は、不思議そうに首を傾げていた。

なぜそんなことを聞かれたのかと思いながらも、もしかしたら私の乏しい表情が何か誤解を招いていたのかもしれない。

「恐れながら、平民の立場で高望みだと知りながらも、今以上に深く知りたいと思ってしまっています」

私の言葉を聞いたアメリア様は、少しだけ目を見開く。

「意外でした。側から拝見させていただいた感じではあまりご興味をお持ちではないのかと」

ふふっと声を上げながら、彼女は嬉しそうにカップに口をつけた。

このお見合い以外でダリアール様とお会いしたことは一度しかないとおっしゃっていたし、もしかしたらアメリア様は彼のことをあまりご存じないのかもしれない。

「ダリアール様は、結婚したいがためにご自身を偽っておられるのではないかと思うのです。会話の途中によく口調が変わったり不思議な言葉遣いをされたりすることがありまして、そのたびに焦っていらっしゃる姿が大変可愛らしいのです」

「ダリアール様が可愛らしい、ですか」

　正直な心の内を口にすると、なぜか彼女は眉根を寄せて何かを考え込むように黙ってしまった。

　王族に『可愛らしい』という表現はもしかして不敬だっただろうかと思いながらも、こうして言葉にしたことで心の迷いが幾分か整理できた気がする。

　彼女の助言に従って、彼に自分の胸中を正直に相談するのも一つの選択肢かもしれない。

「お話を聞いてくださってありがとうございます。私よりも随分と年若いアメリア様に背中を押していただいてばかりでお恥ずかしい限りですが、心の内を正直にお話ししてみようと思――」

「俺だって誰でもいいわけじゃないし、自分の好みじゃなきゃこんな必死になったりしねぇよ！　あの白い肌に触って能面のような面《つら》を崩してみたいし、ぐちゃぐちゃになるまで犯して俺じゃなきゃダメだって言わせ――は？　えっ……」

　私の言葉を掻き消すように、大きな声が上がった。

　声のした方に視線を向ければ、向かい合って立つダリアール様とロワール様が視界に入る。

　こちらを向いていたロワール様と目が合えば、瞬時に顔色を青ざめさせた。

　彼はまるで私の視線から身を隠すかのように、慌てた様子でアメリア様の背後へと移動する。

「ダリアールと話してる途中にアメリア達の会話が聞こえてきて、お互いすれ違ってるようだったから転移させたら……悪い、タイミング間違えた」

　アメリア様の後ろで囁《ささや》くロワール様の声が聞こえてくる。

「……こちらの会話が、お二人に聞こえていたということでしょうか？」

「いいえ、ロワール様には魔術痕という繋《つな》がりを介して私の周囲の様子が伝わるようになっているのですが、ダリアール様には聞こえていらっしゃらないはずですわ」

アメリア様の言葉に、自分のあずかり知らぬところでダリアール様に自分の本心を聞かれてしまったわけではないことに、小さく胸を撫で下ろす。

こちらの会話が聞こえていたロワール様が、気を利かせてダリアール様を連れてこの部屋に転移してくださったのだろう。

どうやら二人も会話中だったからこそ、今の状況に至ってしまったようだ。

こちらに背を向けたままのダリアール様は、言葉を途切れさせたまま動かない。

——先程、彼はなんと……？

呆然《ぼうぜん》と彼の発言を思い出そうとしていると、わずかにダリアール様が動いた。

首だけを回して恐る恐る周囲を確認し、首をひねったその先で私の姿を認めた彼は、再び石像の如く動きを止めてしまった。

固まってしまった彼を見つめながら、先程聞こえた言葉を頭の中で反芻《はんすう》する。

『誰でもいいわけじゃない』

『好みじゃなきゃこんな必死になったりしねぇ』

自分を一人の女性として認めてくれているとわかるその真っ直ぐな言葉が、ただただ嬉しく、胸の奥がじんわりと温かくなっていくのを感じる。

戸惑いつつも喜びに落ち着かない自分の心境をどう伝えようと逡巡《しゅんじゅん》していれば、途切れ途切れに漏れ聞こえてくるような呻《うめ》き声が聞こえた。

視線の先には血の気を失ったダリアール様がこちらを見つめており、口をぱくぱくと開け閉めしているが言葉らしい言葉が出てこないようだった。

色々と口走ってしまったダリアール様は、発言を聞かれたことを後悔しているのだろう。

確かに自分に対する性的な欲求についてハッキリ言葉にされると少々戸惑ってしまうところもあるが、弟達も年頃の時期はよく猥談《わいだん》をしていたこともあり、特に気にするようなことでもない。

この世の終わりのような表情の彼を目の前にして、座っていた長椅子から腰を浮かせた。

先程アメリア様からの助言を受けて、自分の胸中を素直に言葉にすると決心したばかりだ。

ロワール様も、私達がすれ違っていたからこちらへ転移させたと言っていた。

それならば、今の言葉も私にとっては嬉しかったことを伝えたい。

足を進めて、ダリアール様の前へと歩み出る。

私の一挙一動に肩を揺らしながら反応していた彼は、叱責を恐れる少年のように肩をすぼめていた。

「あ、その……」

「能面のような面で申し訳ございません」

深く頭を下げれば、彼は脅えるように一歩後ずさった。

同時に口を開いてしまったせいで彼の言葉を遮るような形になってしまい、己のタイミングの悪さを反省しながら顔を上げれば、目が合った瞬間に彼は再び身体を強張らせた。

「ダリアール様が私に触れたいと思ってくださり光栄です」

「あっいや、その、今のは言葉の綾で」

誤魔化そうとするその発言に、思わず笑みがこぼれそうになる。

まるで悪戯《いたずら》がばれたときに必死に言い訳をしていた弟達のようだった。

「なんでしたっけ？　『ぐちゃぐちゃになるまで犯して俺じゃな』」

「わわわ悪かった！　俺は、その、アンタに気に入られたくて色々取り繕ってただけで……悪い、本当は口も悪いし兄貴達みたいに王族らしい感じじゃないから」

慌てながら口にした言葉は、きっと普段の彼の口調なのだろう。

彼が自分自身を偽っていた事実は少し残念ではあったが、彼の普段の口調を聞いてしまえば、なるほどこの二日間で感じた親しみやすさに納得がいくものだった。

先程の発言から、私個人に興味を持ってくれていたことも知ることができた。

しかし、それにもかかわらず本来の自分の姿を偽り続けていたということは、私に対する信用がなかったということなのだろう。

思わず小さな溜め息がこぼれる。

こちらから視線を逸《そ》らしたまま肩をすぼめているダリアール様をじっと見つめた。

「ダリアール様は、私が相手が王族だからこの見合いを受けたのだと思っていたのですか？」

私はお見合いの初日にはっきりと『メッセージカードの文字の主に会いに来た』と伝えたつもりだった。

それなのに、口が悪いだとか王族らしくないとかいうことだけで私の気持ちが変わると思われていたのは心外だ。

「ち、違うのか？　だって俺、口も悪いし魔術師だしおまけに魔力量多い方だから、女からしたら俺と結婚するメリットなんて血筋以外ないんだと」

「それはダリアール様の思い込みではありませんか？」

「えっでも――」

尚《なお》も言い募ろうとするダリアール様の言葉を、つい無意識に指で遮った。

昔よく悪戯をした弟を叱ったときに言い訳をしてくる口を塞いだものだが、その癖がつい出てしまった。

さすがに不敬だっただろうかと彼の様子を窺うも、唇を指で押さえられたダリアール様はその目を大きく見開いて驚いているだけのようだ。

彼はなぜか自分自身に魅力がないと感じてしまっている。

身分が高く容姿も優れた彼が一体何を思い悩むのかとも思うが、それこそ人それぞれの悩みなのかもしれない。

それならば、彼のことを好ましく思った点を正直に伝えれば、少しでも彼自身の魅力を認めてもらえるだろうか。

「少なくとも私にとって、先程の言葉は嬉しかったです。歯の浮くような台詞《せりふ》と芝居がかった仕草で取り繕った貴方《あなた》よりも、今の貴方の方が余程魅力的です」

私の本心が伝わるように、言葉と共に精一杯の笑みを浮かべた。

うまく伝えられたかどうかはわからない。

しかし、ここ数日悩んでいた胸中を打ち明けたせいか、なんだか心の中は晴れ渡った空のようにすっきりとしていた。

向かい合うダリアール様は、口元を押さえられたまま驚いたようにぽかんと口を開いた。

「は？　いや、そんな馬鹿な……」

どうして彼はそこまで自分に自信がないのだろうかと思うが、それこそ国を跨いでいるからこその文化の違いかもしれない。

レントワールでは、口が悪かったり王族らしくなかったりする王子は嫌厭《けんえん》されるのだろうか。

「私の趣味が変わっているのかもしれませんね。幼い頃から弟達を躾《しつ》けてまいりましたので、やんちゃ坊主の相手は得意なのです。どんなに口が悪かろうが、真っ直ぐな気持ちをぶつけてくださる方が好きですわ」

嘘偽りない気持ちを口にする。

縁談を受けたのも、メッセージカードに書かれていた彼の歪《いびつ》な文字がきっかけだった。

お見合い中も、興味を持ったのはダリアール様の王族然とした風貌や優雅な振る舞いではなく、時々見え隠れする少年のような可愛らしい一面だった。

そんなことを思い出していれば、だんだんと頬が緩んでいく気がする。

今の言葉で貴方自身に興味を持ったということが伝わっただろうかと彼の様子を窺うと、今度は私が驚きで言葉を失ってしまった。

目の前に立っていたダリアール様の顔は、火を噴きそうなほどに真っ赤だった。

「は？　えっ……はぁ!?」

要領を得ない単語を口にしながら、わなわなと唇を震わせるその様子に、思わずその熱が頬に移ってくる気がする。

結局お見合い三日目は、ダリアール様が動揺したままレントワールに戻ると宣言してしまったため、その場でお開きになった。

しかし魔術陣で移動する前に、こちらを睨むように見つめながら彼が告げた言葉は、小さな声だったがはっきりと聞こえた。

「……今度は俺が会いに来る」

今までとは違ったぶっきらぼうな物言いに、思わず小さく笑ってしまう。

ああ、やっぱり「彼」がいい。

貴公子の皮を被《かぶ》った紛《まが》い物ではなく、不器用な態度ながらも真っ直ぐに言葉をぶつけてくれるダリアール様が眩しくて思わず目を細めてしまった。

王族と平民、身分の差はどうしようもない。

だが、彼が私を求めてくれているのならば、応えたいと思ってしまう自分がいる。

そんな夢みたいなことを望んでしまうほどに、私は浮かれてしまっていたのだった。

3　お見合いその後

「姉ちゃん起きて！」

「へっ!?」

飛んできたリアムの声に、反射的に飛び起きる。

ぼんやりとした視界の中に肩で息をする弟の姿が映り、周囲を見渡せばそこはいつもの自分の部屋だった。

窓から差し込んでくる光の感じからすれば、いつもよりは少し寝過ごしてしまっているようだが、休日の朝としてはそこまで遅い時間でもないはずだ。

なぜそんなに慌てて私を起こしに来たのかと問いかけようと、身体《からだ》を起こした瞬間に鈍い頭痛が走る。

その痛みに思わず額を押さえつつ、昨夜の出来事を思い出した。

昨夜は珍しく二週連続で帰宅してきた母に呼ばれ、例のお見合いについて話をすることになった。

隠す必要もないかと三日間のお見合いを順調に終えたこと、今後もできれば親交を深めていきたいと思っていることなどをなるべく客観的に伝えれば、私の話を頷《うなず》きながら聞いていた母は、最後まで聞き終えると嬉《うれ》しそうに顔をほころばせた。

そして初めて一緒に飲もうと誘われ、どこに隠していたのか秘蔵の葡萄《ぶどう》酒を持ってきた母は、浮かれた様子で酒宴の準備を始めてしまった。

報告といっても、つつがなくお見合いを終えたことを伝えただけで具体的に何があったとも口にはしていない。

しかし母がこれほどまでに喜んでくれたのは、もしかしたらアメリア様から事前になんらかの詳細を聞いていたのかもしれない。

自分のあずかり知らぬところでどんなふうに伝わっているのかは気になるが、なんとなく気恥ずかしくて詳しく聞くことはできなかった。

あの日、私の話にしっかりと耳を傾けてくださったアメリア様から伝わった話なら、変な誤解が生まれることはないだろう。

母秘蔵の葡萄酒は非常に飲みやすく、家族の話やそれぞれの仕事についての話題を肴《さかな》にしながら、ついつい飲みすぎてしまった。

深夜まで起きていたこともあり、今日は休日ということで遅くまで寝ているつもりだったのだが、突然の弟の叫び声に叩《たた》き起こされて今に至る。

「寝ぼけてる場合じゃないよ！　姉ちゃん訪ねて知らないイケメンが来た！」

「……は？」

意味のわからないことを口走る弟に、思わずポカンと口を開ける。

何を馬鹿なことをと呟《つぶや》きながら、寝る前にサイドテーブルに置いたはずの眼鏡を探した。

「ほんとだって！　俺ビックリして母さんに伝えたら、母さんすっ飛んできて今客間で相手してる！」

弟の言葉に耳を傾けながらも探していたものに指先が当たり、いつもの眼鏡をかければ視界が明瞭になる。

自分を訪ねてくるような男性に心当たりがあれば、そもそも縁談など受けていない。

最後に我が家を訪ねたのは、私に忘れ物を届けに来てくれた平民学校の同級生だっただろうか。

出会いがないからこそ、こうやって何度もお見合いを繰り返しているのだと自嘲まじりの溜《た》め息をついていれば、ふと先週耳にした言葉が思い浮かんだ。

『……今度は俺が会いに来る』

――まさか。

思い当たった可能性にハッと顔を上げる。

まさか、まさかそんなはずはない。

「え、まさか……濃紺の長髪で背が高い……？」

彼は遥《はる》か遠い海の向こうの魔術大国レントワールの王族のはずで――。

「そうだよ！　客間に母さんといるから早く行って！　俺は今から高級菓子買いに行かなきゃなんないんだから時間ないの！」

呆然《ぼうぜん》とした様子の私にしびれを切らすように強い口調でそう言い放ったリアムは、派手な音を立てて扉を閉めた。

扉の向こうからは、弟のものであろうドスドスという足音が響いている。

リアムの口にした言葉を信じられない気持ちで反芻《はんすう》する。

まさか、本当にダリアール様が——大国の王子様がうちに訪問したとでもいうのだろうか。

「……嘘《うそ》でしょ？」

口からこぼれたその呟きは、静まり返った自室にやけに大きく響いたのだった。


「おはようございます。大変お待たせしまして申し訳ございません」

客間に顔を出せば、本当に先週お見合いでお会いしたばかりの相手が座っていた。

「どうも。驚かせたなら悪かった」

母と向かい合って座るダリアール様は、こちらに向かって小さく頭を下げる。

紺色の長髪を後ろで束ね、先日映像劇を観《み》に行ったときと同じようなローブを羽織っている姿は、貴族のお忍びといった様子だが、その下に着ている服はいつどこで購入したのか我が国のごく一般的な平民服だった。

確かにこの姿であれば、町中を歩くぶんには目立ちすぎることはないだろう。

それでも人目を惹《ひ》くには十分な出《い》で立ちには違いなく、とりあえずクローゼットの中から一番綺麗《きれい》目なワンピースを引っ張り出してきて良かったと胸を撫《な》で下ろす。

先日のお見合いに着ていったものより素材は劣るが、新品同様のこの服なら彼の前に出てもそこまで見劣りはしないはずだ。

「エルザ、こちらへ。ダリアール様、遠いところわざわざ我が家までよくぞおいでくださいました」

国内で王侯貴族の相手をすることが多い母も、大国の王族と相手となれば心なしか緊張しているようにも見えた。

その言葉に従って母の隣に座れば、ダリアール様と向かい合う形になる。

机の上には貴族御用達《ごようたし》の人気菓子店の高級菓子が用意されていた。

リアムは無事、任務を果たしたらしい。

「一応彼女には、先週の別れ際に今日の訪問を伝えたつもりだったんですが、俺もはっきり予定を伝えたわけじゃなかったので、驚かせてしまって申し訳ありません」

丁寧な口調ながらも表情にも話し方にも取り繕った感じはなく、一人称もそのままだったことから、これが普段の彼の目上の方に対する態度なのだろうと思う。

「先にお伝えしておきますが、俺は王族として生まれましたが、今は自立して魔術師として生計を立てています。そういう状態なので、身分に対する気遣いは不要ですし、なんなら家族に振る舞う感じで接してください。俺もその方が楽なんで」

「さようですか。そういうことでしたら、ご意向に沿うようにいたしますが……」

ダリアール様のかしこまらない口調に、母はまだ少し戸惑っている様子だった。

よろしければ、とリアムの買ってきた高級菓子を勧めつつ彼の様子を窺《うかが》っている。

高級菓子といっても我が家が手を出せる範囲で最高級なだけで、大国の貴族である彼からすればありきたり――もしくは粗末なものに見えてしまうかもしれなかった。

そんな心配をよそに、それでは遠慮なくと答えたダリアール様は、毒見等もせずそのまま口に放り込む。

彼の行動を驚くように見つめる私達を気にするような様子もなく、気に入ったのか続けて数個を口に含んでお茶を口にすると、初めて食べましたが美味《おい》しいですねと笑った。

そんな彼の様子を見て、本当に王族として振る舞うつもりがないことを感じたのか、母はようやく肩の力が抜けたようだった。

「ダリアール様のご意向に従いまして、身分差を存じ上げながらも率直にお尋ねするご無礼をお許しください。ダリアール様は、どうして我が家に訪ねてきてくださったのでしょうか？」

手元のお茶を口にしていると、母から思わぬ質問が飛び出した。

なんと返事をするのだろうとダリアール様を窺えば、真っ直《す》ぐこちらを見つめる視線とぶつかる。

「彼女に会おうと思って」

あまりに正直な返答に、じわりじわりと顔が熱を帯びていくのがわかった。

「それは、縁談を前向きに考えてくださっていると考えていいのでしょうか？」

「そうですね。できれば彼女にも、そういう方向で検討してほしいと思ってますけどね」

母がこちらを見ている気がするが、その視線を受け止める勇気はない。

カップを握りしめるようにして火照っているだろう顔を俯《うつむ》けたまま頑《かたく》なに反応しない私を見つめていた母は、しばらくすると小さな笑い声を漏らした。

「ダリアール様は真っ直ぐな方でありがたいですわ。どうもエルザは自己表現が得意ではないところがありますから」

「あーなんとなくわかる気がします」

当の本人を置いて話が盛り上がっている気がするが、この会話に割り込める気がしない。

ただただ存在感を消して空気のように振る舞おうと息を潜めていると、くるりと母がこちらを覗《のぞ》き込んだ。


――しまった、今回はかわしそびれた。


「エルザ、良い御縁に恵まれましたね」

「は、はい」

母の笑顔には、この縁を決して離さず掴《つか》み取るようにと書いてある気がする。

「もしよかったら彼女の部屋にお邪魔してもいいですか？　彼女のことをもっと知りたいですし」

「ええ、構いませんわ。エルザ、貴女《あなた》の部屋を案内して差し上げなさい」

ダリアール様の発言に満面の笑みで答えた母は、流れるように私の方へと指示を飛ばす。

「は、え……今からでしょうか？」

「ええ、もちろんよ。貴女に会いに来てくださったのだもの。本来エルザがお迎えするのが当然でしょう？」

にっこりと、笑顔の母に凄《すご》まれる。

「あ、これから小まめにこっちに来るつもりなんで、次からは彼女を直接訪ねてもいいですか？」

「もちろん、歓迎いたしますわ」

便乗するようなダリアール様の質問に、母は嬉しそうに承諾の返事をする。

私に関することのはずなのに、なぜこうもサクサクと決まってしまうのかと思いながらも、二人のやりとりを呆然と見守ってしまった。


「どうぞ」

「うわっなんだこれ。本ばっかりじゃねぇか！」

部屋の扉を開けた瞬間、後ろから驚きの声が上がった。

その驚きように目を瞬《しばたた》かせていると、部屋の主である私を置いてずんずんと足を進めたダリアール様は、部屋の中をきょろきょろと見回している。

家族以外を自室に入れたことがなかったため、正直何に驚かれたのかがわからず部屋を見回してみるが、驚かれるほど本があるわけでもないと思う。

ただ昨日買ってきた本を机に積み上げたままだったことに気付き、これだったかと慌てて手を伸ばした。

「すみません、人を招く前に机の上を片付けるべきでした。今片付けますので少々お待ちいただければ――」

「いやそれじゃねぇ。壁全部に本が詰まってるだろ？　普通そっちに驚くっての」

「……そうなのですか？」

彼は備えつけの本棚の前に移動して、これだこれと言いながらわかりやすく指さした。

研究者の父は論文や資料を保管することが多く、淑女教育に携わる母は職業柄礼節の本や外国語の辞書などを多く手元に置いている。

家族の部屋にはそれぞれ備えつけの本棚が壁にある環境に育ったせいで、これが驚くようなことなのだと初めて知った。

「てっきりこの積み上がっている本を見て驚かれたのかと」

「まあなんでそんなに積み上がってんのかとは思うけど……」

今机の上に積み上がっている本は、今日の日中にでも読んでみようと昨日の帰りに買ってきて、そのまま机に置いていたものだった。

その背表紙に目を向けてぎくりとする。

一番上から『初恋』『愛の果てに』『マリア・ハウベルの甘い夜』と、そこにはおおよそ色恋に浮かれたような表題が並んでいた。

全く意識していなかったにもかかわらず、昨日興味を惹かれた本のほとんどが恋愛小説だったことに気付いて急に恥ずかしくなる。

なるべくダリアール様の目には触れないようにと、積み上がった本の山を背に隠した。

「とりあえず、ここの本はちらかっているので片付けますね」

机に積み上がった十冊前後の本を持ち上げようとすると、さっと横から掠《かす》め取られる。

「いい。俺がやる」

「はい？」

突然の申し出に、思わず聞き返す。

なぜ彼に手伝いを申し出られたのかと思うが、それ以前に彼の目の前に『マリア・ハウベルの甘い夜』という官能小説まがいの恋愛小説が置かれる状況になってしまい、どうか題目が視界に入りませんようにとただただ祈るような状況になってしまった。

「アンタ、片付け苦手だろ？」

その言葉に、つい目を瞬かせてしまう。

「……なぜそれを？」

「あの本棚、並んでる本の高さがバラバラだし、読み終わった順に適当に突っ込んでるだろ？」

彼が指でさした本棚を見ると、本の高さも揃《そろ》っていなければ、立てて並べてある本の上に横積みで乗せられた本もある。

こればかりは普段の自分のずぼらさを反省するしかない。

「確かに、そうです……」

「ああやって適当に詰め込むと見た目も悪いし収まりも悪くなるだろ？　いじっていいなら適当に直すけど」

そう言いながら本棚へ近づく彼を見て、慌ててその腕を掴んだ。

自分の不始末によって、ダリアール様にご迷惑をおかけするわけにはいかない。

「お客様にそんなことしてもらうわけには――」

「は？　俺はアンタの『客』なの？　他人？　知らないやつ？」

ダリアール様の真剣な様子に思わず言葉を失った。

彼は私の一体なんなのか。

先週初めて会ったばかりだが、お見合いでお互いの話をして一緒に映像劇を観《み》に行き、三日目の会話では確かに好意を抱いていることを伝え合ったはずだった。

他人というには近すぎるが、知り合いというにはお互いのことを知らなすぎる。

友人というほどの繋《つな》がりはないけれど、恋人と呼べるほどの関係性もない。

自分たちの関係性をなんと呼べばいいか思案していると、こちらに向けられる彼の真剣な眼差しに気付いた。

恐らく彼自身も、自分達の距離感を測りかねているのだろう。

「……知らない人では、ありません」

ひねり出した答えは、毒にも薬にもならない当たり障りのないものだった。

しかし、ちゃんと私が答えたことで、張り詰めていた室内の空気は少し緩んだ気がした。

「それならいいだろ。適当に片付けるからアンタは本読んどけよ。これ、読みかけだから机に積んでたんじゃねぇの？」

「あっはい」

「ならこれでも読んでろ。他はとりあえず一番手前のところにまとめて置いとくから」

手にしていた本の上から一冊を手に取ると、半分投げるように渡される。

「あ、ありがとう……ございます」

深緑色の表紙には、白文字で『初恋』と印字されていた。

私のお礼に「ん」と短く返事をしたダリアール様は、そのままこちらに背を向けて本棚へと向かってしまった。

特に会話もなくなってしまい、戸惑いながらも椅子に腰を下ろしつつ渡された本を開く。

――自分の部屋に誰かがいるなんて、不思議な感じ。

なんとも言えない落ち着かない空気ながらも、不快感のようなものは感じない。

ただ揺れる長髪やその背中が視界に映るたびに、どこか腹の底がこそばゆいようなくすぐったいような感覚に陥ってしまうだけだ。

そんなことを考えながら、深緑色の表紙を開く。

静かな自室の中で、妙に居心地のいい時間が過ぎていくのだった。


「……ダリアール様、毎週こちらにいらしていても平気なのですか？」

本屋からの帰り道、少し前を歩く彼の背中に問いかける。

相変わらず緑がかった地味なローブを羽織っている彼は、瞳の色だけ珍しいものの下町にいても不思議ではない姿だ。

例のお見合いの翌週から、ダリアール様は私の休日のたびに我が国に足を運んでくださっている。

まさかこれほど頻繁に訪れてくださるとは予想していなかったし、無理をしてないかと聞いてみたこともあったのだが、我が国とレントワールとの移動はそこまで時間のかかるものではないらしい。

彼によれば、我が国に置かれている常駐魔術師の職場に魔術陣があるため行き来は簡単にできるらしく、結ばれた友好条約によって、レントワールの王族の出入国については手続き不要となっているとのことだった。

「問題ねぇよ。俺はきっちり働いた上で、休みの日を有効に使ってるだけだ」

大国の王族が小国の平民を訪ねて国を渡ってくるだなんて聞いたこともないが、実際に目の前にその事例があるのだから受け入れるしかない。

初日こそ私はもちろん母も驚き、裏口から弟が近所に高級菓子を買いに走らされたり我が家で一番良いお茶を出したりしたのだが、あれからひと月近く経《た》った今、母も弟も親戚のお兄さんくらいの気軽さで接するようになっていた。

それもひとえに彼の性格の為せる技なのだろうが、いくらなんでも馴染《なじ》みすぎではないだろうかと思っている。

「アンタまたこんなに本買い込んで大丈夫か？　昨日も同じくらい買ってただろ」

本屋で購入した数冊の本は、重いものを持つなとダリアール様に取り上げられていた。

いちいち見せられる優しさに、胸にじんわりと温かいものが広がる。

「昨日買った分はもう読み終えてしまいましたし、面白かったので同じ作者の作品を追加で購入しました」

「おい、俺との時間が減るからほどほどにしろ」

私の趣味が読書だとは話していたが、休日のほとんどを本を読んで過ごしているとは思っていなかったらしい。

少し前の休日に私の趣味に合わせてお互いに読書をしようという話になったが、自室で二人して別の本を読んでいると気が付けば夕方になっており、一緒に本を読んでいたはずのダリアール様は机に伏せるようにして眠っていた。

それから私が本を読み始めると他のことが気にならなくなることに気付いたそうで、ある程度時間が経つと、俺に構えと話しかけてくるようになった。

以前の私であれば、自分の趣味の時間を邪魔されることに抵抗があったのだが、わざわざ我が国まで会いに来てくださり興味ないであろう読書にまで付き合ってくれる彼に、構ってほしいと言われることが嬉しく感じるようになってしまっていた。

「あー……アンタこそ毎回俺といて大丈夫なのかよ」

「大丈夫とは？」

立ち止まり振り返った彼から投げかけられた不思議な質問に、首を傾《かし》げる。

「その、体調とか、調子崩したりしてねぇか？」

これまでダリアール様と過ごす間に調子を崩したことはなかったが、室内で読書している姿ばかり見せていたせいで身体が弱いと思われてしまったのだろうか。

「恐らくダリアール様の想像しているほど身体は弱くないと思います。以前と変わらず平日は仕事にも励んでいますし、休日は読書に打ち込んでいます」

「そういう意味じゃ――いや、読書に打ち込むのはほどほどにしてくれ」

「努力します」

私の返答に納得がいかなかったのか、隣に立つ彼は何かをブツブツと呟きながらも最後にはなぜか大きな溜め息をついてチラリとこちらに視線を向けた。

「……まあ、体調に問題ないならそれでいい」

そう口にするとローブを翻して再び歩き始めてしまうのだった。


まだ日も高い時間だというのに、自宅に帰ると何やら騒がしい様子だった。

家の前には見知らぬ馬車が停まっている。

「あっ姉ちゃん遅い！　なんか偉そうな貴族が来てるよ、姉ちゃんに用事があるって」

私を見つけた弟が、玄関から飛び出してきた。

身に覚えがないので瞬《まばた》きを繰り返すしかない。

「心当たりはねぇの？」

「私は生粋の平民ですから面識のある身分ある方はアメリア様とダリアール様しかいらっしゃいませんし、『偉そう』と形容される方はおりませんね」

母が相手をしているというので、同席すると言うダリアール様を連れて客間へ向かう。

迎え入れられていたのは、華やかな見た目の御令嬢だった。

こちらを確認すると、手にしていた扇を口元に運び、柔和に微笑《ほほえ》む。

「サンドラ・カッツェと申しますわ」

「初めまして、エルザ・バネッサでございます。このような場所へ足をお運びいただき恐悦至極にございます」

礼をとるとサンドラ様は満足そうに頷いた。

そのまま視線を私の背後へ向け、ダリアール様を認めると不思議そうに首を傾げた。

紹介を求めているのだろう。

「彼はレントワール国で魔術師をされているダリアール様です」

「まあ、レントワールの魔術師様ご機嫌よう。その身なりからすると、平民のお方かしら？」

我が国の貴族から大国の王族に対して無礼な発言が飛び出したため、思わず訂正しようと思ったが、ダリアール様の手に制される。

「平民だとしたら何か？」

ダリアール様の表情は涼しげだが、私の心中は穏やかではない。

かの魔術大国の王族に対して、小国の一貴族が無礼を働くだなんて国際問題に発展してもおかしくない。

同席していた母も顔色を真っ青にしている。

「私は、我が国からレントワール王家へ輿入《こしい》れされたアメリア様の親しい友人なのです」

「だから？」

「これだから平民の方は嫌ですわ。お察しくださいませんこと？　私はレントワール国でも身分のある方と知り合いですの。ご配慮くださいな」

身分のある方と知り合いというだけで、どうして自分まで特別扱いしてもらえると思っているのだろう。

そもそも母から聞いている限り、アメリア様に親しいご友人はいらっしゃらなかったはずだ。

ダリアール様の身分をお伝えすべきだと思うが、本人に制止されては私も母も動けない。

「……サンドラ様、私に何か御用で来られたのでは？」

話を逸《そ》らすしかないと口にした言葉に、彼女はそうでしたわと再び私に向き直った。

「エルザさん、先日ベレッタ侯爵家に出入りされておりましたわね？」

どこで見ていたのかと思うが、アメリア様がレントワールへ嫁がれてから、ベレッタ侯爵家とお近づきになりたい貴族達がこぞって人の出入りや馬車の行き先を調べているらしいと聞いていた。

「そのときにアメリア様とお会いになられまして？」

「……いいえ、母の使いでお伺いしただけですので」

もし貴族から接触があれば、そのように返答するよう御嫡男のアレク様からは言われている。

私の言葉にサンドラ様は、あからさまに落胆の色を顔に出して溜め息をついた。

「はぁ、何度も侯爵邸に伺っておりますのに、未《いま》だにアメリア様にお目にかかれませんの。いつになったら連絡がつくのかしら」

わざとらしい仕草だが、万一私がアメリア様と接触していた可能性を考え同情を引こうとしているのかもしれない。

「もしアメリア様から何か連絡がありましたら、私にもお知らせくださいね」

それでは、と言いたいことを言い終えた彼女は、颯爽《さっそう》と去っていった。

嵐が去った室内には、一度も口にされなかった我が家で一番良いお茶がそのまま残っている。

「……あの頭悪そうな女、本当にロワールの奥さんの知り合いか？」

彼女の姿が見えなくなると、ダリアール様のうんざりしたような声がこぼれ出た。

「恐らく虚言かと。アメリア様は貴族学院に入学されませんでしたから、親しくされていた御令嬢はいなかったはずです」

母はそう告げると、私の背後に立っていたダリアール様に向かって頭を下げる。

「我が国の貴族が失礼いたしました。彼女に代わって非礼をお詫《わ》びいたします」

「いや別に。ああいうのには王族だって知られる方がめんどくさいんで」

彼の言葉に、母は胸を撫で下ろしたようだった。

確かに彼女がダリアール様の身分を知れば、すぐさま擦り寄り媚《こび》を売っていただろう。

あの美しい女性がダリアール様に近づく姿を想像すると、不快感で胸の中が黒く塗り潰されるような気がした。

今回はダリアール様が身分を伏せられたために何事もなかったが、今後を考えた場合、こういったことは避けて通れないのではないかと思う。

ダリアール様が王族だと知られれば、婚姻相手として多くの御令嬢が名乗りをあげるだろう。

そのとき、一平民である私はどうすればいいのだろうか。

彼に会うたびに、想いが募っていることには気付いている。

しかし、身分差を前にして、どうしても竦んでしまう自分がいた。

4　初めての口付け

「なあ、アンタ今二十九歳だったよな？」

「その通りです」

今日は出会い頭に外出がしたいと言われたので、散策がてら二人で町を歩き、この国の劇も観《み》てみたいとのことで今流行《はや》りの大衆劇を観て、自宅に帰り着いたところだった。

本を読むつもりで自室に入ると、突然後ろから話しかけられる。

ダリアール様は外出の帰りに買った新しい本を机に置くと、椅子に腰かけつまらなそうに頬杖《ほおづえ》をついてこちらを見上げた。

「三十歳までに結婚したいとか思ったりしねぇの？」

「特には思いませんね。年齢の十の位が変わるだけで、私自身が大きく変化するわけではありませんので」

チッとわかりやすい舌打ちが聞こえた。

何か伝えたいことがあるのだろうが、私から色よい返事が返ってこなかったらしい。

「何か不都合が？」

「はぁ。俺ら知り合ってもうひと月以上経《た》ってるよな」

「はい」

「俺らはほら、お見合いで知り合ったわけで、その……そういうのが前提のお付き合いとか、考えねぇの？」

自分が言い出しておきながら恥ずかしいのか、こちらから目を背けて唇を尖《とが》らせている。

「関係を進展させて、結婚を前提としたお付き合いを始めないかというお誘いでしょうか？」

「だ、誰もそこまで言ってないだろ！　ただ、何も進展しないままなのが気になってるだけで……ほら初日に手を繋《つな》いだろ？　普通、次は口付けに進んだりするもんじゃねぇの」

初日に手を繋いだと言うが、あの初対面の握手のことだろうか。

そうだとしたら、彼の中で手を繋ぐという行為はどんな認識になっているのだろう。

「つまり、口付けがしたいと？」

「違っ——わない。してもいいなら、したい」

一瞬否定するかと思ったが、存外素直に認めた。

睨《にら》みつけるようにこちらを見つめている彼は、ほんのり頬を赤く染めている。

こういうところが可愛《かわい》らしくて堪《たま》らなくなるのだが、王族として育った彼がなぜこんなにも初々しいのか不思議に思えて仕方がない。

「無理矢理は良くないって聞いてたが、放っておいたらアンタずっと本読んでるし、いつになったら口付けさせてもらえんだよ。既婚者に聞いても、そういう雰囲気になったらするんだとしか言われねぇし、そういう雰囲気ってどんな雰囲気だ⁉」

早口で言いきったダリアール様は、肩で息をしながらこちらを睨んでいる。

「それはまた、難しい問題ですね」

「アンタがいいって言うなら、俺は今すぐしたい。今、すぐ、ここでだ！」

まるで大型犬が吠《ほ》えているかのようだ。

「わかりました。それでは目を閉じてください」

「は？　あ、わわわかった！」

私の言葉を聞くやいなや、彼は背筋を正して力一杯瞼《まぶた》を閉じる。

なんとも言えない緊張感の中、私は座っている彼の側《そば》へ歩み寄った。

口付けは唇と唇を重ねる行為だ。

そんなに深く考えることはない。

実体験はないが、何度も本で読んだことはある。

ぶつからないようにと眼鏡を外し、机の上に置くとカチャリと音が響いた。

私の気配を感じ取っているのか、ぎこちなくソワソワと辺りを気にしているダリアール様の頬に手を添えて、そっと唇を重ねる。

思ったよりも柔らかなそれに触れて、身を離そうとすると私の腕を掴《つか》むものがあった。

「……おい」

「え？」

驚きに顔を上げると、眉根を寄せたダリアール様の顔が間近にあった。

「まさかこれで終わりとか言わないよな？」

「口付けなら今しましたよね？」

「俺は子供じゃねぇぞ！　俺がしたいのは大人の口付けだ」

そう言い終わるが早いか、掴まれていた腕を強く引かれ、バランスを崩した私は彼の方へと倒れ込む。

慌てて彼の座っていた椅子の背もたれに手をつくと、目の前に彼の顔があった。

伸びてきたダリアール様の腕に捕らえられ、再び唇が重ねられる。

先程の口付けとは全然違う。

まるで捕食されるかのように唇を塞がれたかと思ったら、彼の熱い舌がぬるりと私の唇をなぞる。

柔らかな感触を受け入れたくて少し唇を開けば、こじ開けるように熱い舌をねじ込まれた。

「んっう」

思わず声が漏れる。

その声すらも呑《の》み込むかように、私の舌を吸い上げ舐《な》め回し、彼の舌が口内を蹂躙《じゅうりん》する。

静かな部屋に、私達の吐息と絡まり合う水音が響く。

彼に深く口付けられ、その手が私の背中や臀部を不埒に弄る感覚は、ただただ気持ちが良かった。

永遠にも思える時間に頭がぼんやりしてきたとき、再び唇に優しい口付けが与えられ、ゆっくりと彼の顔が離れていくのがわかった。

「……平気か？」

問いかけの意味が理解できず、つい首を傾《かし》げる。

「あ、魔力酔いの話してなかったか」

ばつが悪そうに頭を掻《か》いた彼は、視線を彷徨《さまよ》わせながら口を開いた。

「あーその、魔力酔いってのは魔力の強い人間と接触したりすると体調を崩す現象で……魔力量や相性次第で起きたり起きなかったりするんだが、同じ室内にいるだけで起きる場合もあれば、触っても平気だけど粘膜接触すると起きる場合もある。粘膜接触以降はかなり相性に影響されるから魔力酔いも起こりやすくて、相手の体調を確認しながら慎重に進める必要があってだな……」

思い返してみれば、初めてレントワールに転移した日に体調を崩してしまった一件は、この魔力酔いに当たるのだろう。

ダリアール様の説明を聞き、今更ながら納得してしまった。

「魔術師が人と触れ合うときは体調の変化がないか確認しつつ、少しずつ接触を深めていかなきゃなんねぇ。だからアンタの感想が聞きたいんだが、気持ち悪くなったり吐き気が出てきたりしてねぇか？」

「いえ、とても気持ち良かったです」

正直な感想を口にすると、ダリアール様は目を見開いて驚き、その顔をジワジワと赤く染めた。

私の一言一句でこんなにも動揺してくださる愛らしい方を、好きにならない方が難しい気がする。

「……どうしてダリアール様は、私なんかに好意を抱いてくださるのですか？」

「私なんかって卑下するな。それに別に俺は一言も好きだなんて言ってねぇ」

「好意もない私にこんな情熱的な口付けを？」

「――っアンタ俺を揶揄《からか》ってるだろ！」

顔を真っ赤に染めた彼は、私の背中を掬《すく》い上げるようにして再び唇を奪う。

彼に求められることが嬉《うれ》しい。

望んでもらえることが嬉しい。

身分差さえなければ、なんの憂いもなく彼の胸に飛び込んでいけるのだろうか。


「お疲れ様でした。お先に失礼いたします」

一週間の仕事を終えたのは、いつものように定時を少し過ぎてからだった。

上司に挨拶をして会社を出ようとすると、間が悪いことに雨が降っている。

気にせずそのまま帰るという選択肢もあるが、最近朝夕も冷え込むようになってきているし、週末にダリアール様が来てくださることを考えれば、ここで身体《からだ》を冷やして体調を崩したくはなかった。

どうせいつものようにすぐ止《や》むだろうと、ぱらぱらと水滴をこぼす曇天を見上げる。

「お疲れ、エルザ」

かけられた声の方を向けば、見知った人物が立っていた。

いつ見てもきっちりと身なりを整えている相手は、相変わらずいつもの柔和な笑みを浮かべている。

その手には朝被《かぶ》ってきたらしき帽子が握られていた。

恐らく彼も仕事終わりなのだろう。

「カーターさん、お疲れ様です」

「はは、同期なんだから敬語は要らないよ」

「カーターさんは立派に出世していらっしゃいますし、けじめは大切です」

同い年の彼と私は入社時期だけは近いものの、数年前に立ち上げられた新しい部門のリーダーを任されたカーターさんは、部署を牽引しながら立派に昇進を果たしている。

物腰柔らかで人当たりもよく、さらに愛妻家でもある彼は、社会人の模範とも思える人だった。

「どうした？　こんなところでぼんやりして。あ、雨か」

「ちょうど出ようとしたときに降り始めまして。すぐ止むと思いますし、考え事をしながら時間を潰していました」

「はは、それなら俺も待つとするかな」

前に濡《ぬ》れて帰ったら奥さんに心配された、と嬉しそうに語る姿につられてつい笑ってしまう。

彼の奥さんは数年前、結婚を機に会社を退社した二つ下の後輩だった。

よく気がつく性格で世話焼きでもあった彼女は、未《いま》だに私が結婚しないことにやきもきしているらしい。

しばらく奥さんの話をしていたカーターさんは、何かを思い出したように「そういえば」と口にした。

「先月ベックさんから縁談をもらったんだって？」

ベックさんとは私の直属の上司であり、以前縁談を用意してくれた方だった。

「はい。ご期待には沿えず、不甲斐《ふがい》ない結果をご報告することになってしまいましたが」

「いやいや、エルザが気にすることはない。そのお見合い相手、仕事の関係でこの前会うことがあってさ。縁談のこと、謝っておいてほしいって言われたよ」

その言葉に心当たりがなく、つい首を傾げてしまう。

「謝罪されるようなことをされた覚えはないのですが」

「彼、誤解してたらしい。エルザが無表情だったから、自分との縁談に不満があるんじゃないかと感じたって言ってたよ。エルザは普段からそんな感じだと伝えたら驚いていたし、君が望むならもう一度仕切り直しをしたいとも言っていたな」

カーターさんの口から語られた言葉に、少しだけ驚いた。

私の表情の乏しさのせいで縁談を断られたのだろうことは薄々気がついていたが、仕切り直しをと提案されるとは夢にも思っていなかった。

思い出そうとしても記憶の中の彼の顔はおぼろげで、交わした会話の内容もぼんやりとしている。しかし、誤解があったと知ってこうして仕切り直しを提案してくるくらいなのだから、やはり誠実な性格だったのだろう。

正直、ダリアール様と出会ってからの日々が衝撃的だったせいか、彼との縁談のことは今の今まですっかり忘れてしまっていた。

前は縁談をお断りされるたびになんだかんだしばらく気落ちしていたのに、お断りされることに慣れてしまったのだろうかとも思ったが、多分違う。

他が気にならないほどに、一人の存在が自分の中で大きくなっているのだ。

そんな自分の心境の変化にぎくりとする。

それほどまでにダリアール様に気持ちが傾いていることを知りながらも、それを認めてしまうのはまだ少し怖かった。

「……仕切り直しは結構です」

私の回答が意外だったのか、カーターさんは何度か目を瞬《しばたた》かせた。

「そうかい？　彼は真面目で誠実な性格だし、ベックさんがちゃんとエルザのこと伝えてたら、うまくいったんじゃないかと思ったんだけどな」

カーターさんはカーターさんで、以前のお見合い相手を気に入っていたらしい。

それほどまでに信頼のおける相手を紹介してもらえるというのはありがたい話だが、今の私には向き合いたいと思っている相手がいた。

「その、今はそういった話は間に合っていると言いますか――」

「おい」

私の言葉を遮るように、低い声が飛んできた。

声のした方に視線を向けて、立っていた人物を見て思わず目を見開く。

「ダリアール様？」

そこには、濃紺の長髪を一つに束ね、いつものローブを身に着けている彼が立っていた。

私達から少し離れた場所にいた彼は、何かを推し量るように真っ直《す》ぐこちらを見つめている。

「誰？　知り合い？」

カーターさんの訝《いぶか》しむような声にハッと顔を上げた。

険しい表情を浮かべた男性が低い声で女性に声をかけているという今の状況は、変な誤解を招きかねない。

慌ててカーターさんにダリアール様のことを紹介しようと口を開くが、すぐに言葉が出てこなかった。

私は彼のことを、一体なんと紹介すればいいのだろうか。

「その、彼は――」

最後まで言い終える前に、肩を引かれてぐらりと身体が傾く。

とん、と背中が当たったと同時にすぐ近くからダリアール様の声がして、反射的に顔を上げた。

「ども。コイツ連れて帰りますんで」

カーターさんへと視線を向けているダリアール様が、こちらを向く様子はない。

肩を掴む手からじんわりと伝わってくる熱がなんだかくすぐったくて、彼の体温にいちいち反応してしまっていることがなんとなく気恥ずかしかった。

そんな私の焦りなんて気付くことなく、じっとカーターさんを見つめていたダリアール様は、小さく頭を下げると、無言のまま私の腕を引いて雨の中を進んでいったのだった。

「アイツ、アンタの何？」

しばらく歩いた後、彼が口にしたのは短い質問だった。

「上司です」

「ただの上司があんなに親しげに話しかけてくるのかよ」

苦虫を噛《か》み潰したような表情で吐き捨てた彼は、先程からちらりともこちらを見ないまま、どこか遠くの一点を見つめている。

もしや、カーターさんとの関係を何か誤解されてしまったのだろうか。

「もともと同じ時期に入社したので、古い知り合いでもあります。彼の奥様は私の後輩ですし、夫婦揃《そろ》って世話焼きなところも似通っていると思います」

「……ふうん、なんだ既婚者か」

私の回答に納得がいったのか、ようやくその視線がちらりとこちらに向けられた。

張り詰めていた彼の空気が幾分か柔らかくなった気がして、ほっと胸を撫《な》で下ろす。

「ダリアール様はなぜこちらにいらっしゃったのですか？　明日来られるものだと思っていたので驚きました」

いつもの雰囲気になった彼に、気になっていた質問を投げかけた。

「あー……場所と時間はリアムに聞いた」

曇天を見上げた彼は、頬を掻きつつもごもごと口籠《くちごも》りながら呟く。

なるほど、ここへ来る前に一度我が家を訪問してくださったらしい。

「……まあ、先週のことでちょっと浮かれてたから、少しでも早く会いたかっただけ」

先程よりも少し小さな声で呟かれた言葉に顔を上げると、顔を背けたダリアール様の頬はほんのりと赤く染まっていた。

照れながらも、こうやって真っ直ぐな気持ちを言葉にしてくださるのは、彼の心遣いであり素直な性格の顕《あらわ》れでもあるのだろう。

浮かれているのも会いたがっていたのも、私も同じだ。

いつもは家に帰るだけだからと気にせず濡れて帰るところなのに、一緒に過ごせるはずの週末の時間を無駄にしたくないと雨が止むのを待つことを選択していた。

いつの間にか、自然とダリアール様と過ごす時間を優先している自分がいる。

そんなことを考えながら歩いていると、ふと違和感に気付いた。

周囲にはまだ雨がぱらついているにもかかわらず、ダリアール様も私も一切濡れていないのだ。

「雨に濡れていませんね」

「は？　ああ、雨避《あまよ》け張ってるから」

聞きなれない単語を耳にして、つい反芻《はんすう》してしまう。

「『雨避け』とは、何かの専門用語ですか？」

「へ？　ああ、上見てみたらわかると思うけど」

指でさされた方向に視線を向ければ、自分達の頭上の一部分だけ水が張ったように見えた。

まるで空中に水たまりができているようにも見える。

「雨が止まってんの見える？　雨に濡れないよう、そこに障壁を張ってる。あっちじゃ当たり前にやるから、驚かせたんなら悪かった」

「いえ。こちらでは雨が降ったら濡れるか止むのを待つかの選択肢しかなかったので、新鮮だなと思っただけです」

　魔術大国ともなると生活の多くの場面に魔術が使用されているのだろうとは思っていたが、こんな身近なところで実感するとは思いもよらなかった。

　頭上にある『雨避け』という宙に浮く水たまりのようなそれは、ゆらゆらとその姿を揺らしながら、歩いて進む私達についてくる。

「この『雨避け』はどうやって作っているんですか？」

「は？　どうやってって……やり方なんて考えたこともないな。あー……作りたい場所にあたりつけて、魔力注いで固めたら、それをキープし続ける、みたいな感じか？　適性がないやつは魔道具か魔術符を使って作ると思うけど。あーでも魔力なきゃそれも使えねぇから、とりあえず魔力が必要になるから……うーん、どっから説明したらいいんだ？」

　ダリアール様は、頭をひねりながらいや、うーんと唸《うな》り続けている。

　どうやら答えにくい質問をしてしまったらしい。

「すみません、難しい質問をしてしまったみたいで」

「いや、魔力のないやつに説明するのが難しいだけで……正直何も考えずにやってるから、作り方を聞かれてもわかんねぇ」

「そうなのですね」

確かに私も読書に全く興味のない相手に読書の魅力を説明しろと言われたら、少し戸惑うかもしれない。

随分と説明のしにくい質問をしてしまったことを反省していると、隣から小さな咳払《せきばら》いが聞こえた。

「アンタが魔術に興味を持つことは嫌じゃねぇから、気になったら俺に聞けばいい」

「ありがとうございます。助かります」

「あー……雨避け、範囲とか形とかきっちりしてねぇから、その、なるべく俺から離れない方がいい」

そう口にした彼は、私の肩に手をかけてぐいっと引き寄せる。

後頭部が彼のローブに触れると、ふわりと石鹸《せっけん》のような香りが広がった。

初めて私の部屋を訪れたときから思っていたが、ダリアール様は口調や態度に荒い部分があるものの、実生活はかなりまめで綺麗《きれい》好きのような気がする。

そんなことを考えながら視線を上に向ければ、こちらの視線に気づいた彼はなぜか渋面を作った。

「なんだ？　雨避けのためなんだから我慢しろ」

ふんっと鼻息荒く言いきると、私の斜め後ろにぴたりとつくようにして歩いている。

少なくない身長差があるにもかかわらず、自然とこちらに歩幅に合わせて歩いてくれているのは彼の優しさなのだろう。

「おかしな質問だったら申し訳ないのですが、『雨避け』はもっと大きくできないのでしょうか？」

「……なんで？」

「この姿勢だとダリアール様が歩きにくいのではないかと思いまして」

ほとんど密着しているようなこの距離だと、彼は私の足取りを確認しながらでないと進むことができず歩きづらいだろう。

そう思っての質問だったが、耳に入ってきたのは呆《あき》れまじりの大きな溜め息だった。

振り返ってみれば、憮然《ぶぜん》とした表情のダリアール様に頭を掴まれ、ぐるりと前を向かされる。

突然の行動に驚いて振り返ろうとしても、彼の手で固定された頭はぴくりとも動かなかった。

「……いいか、ちゃんと聞けよ」

背後からダリアール様の低い声が響く。

「アンタの言う通り雨避けは魔力に応じていくらでも大きくできる。なんならこの辺一帯の雨を止めることだって余裕でできる。だからさっきのはただの口実！　ただアンタとくっつきたかっただけ！　せっかく一週間ぶりなんだから、少しでも触れたいって思う男心を悟ってくれてもいいんじゃねぇの!?」

ふてくされたような口調に、ただただ目を瞬かせてしまう。

そんな大義名分を作らなくても、ダリアール様が触れたいと言ってくださるのならば断るはずがない。

私の方こそ今の関係性をなんとか形にしたくて、彼の側にいられる理由が欲しくてもがいているのにと、迷走している自分の心の内に気がついてつい苦笑してしまいそうになった。

先程の言葉を一息で言いきった彼の方からは、長い溜め息が聞こえてくる。

「……なあ、手繋いでいいか」

なんだか疲れた様子のその声に振り向けば、拗《す》ねたように口を尖らせた彼がこちらを見つめていた。

遠回しな言い方ではなく、素直に気持ちを伝えてくれたことを嬉しく感じて、つい笑いながら手を差し伸べる。

「はい、もちろん」

無言で私の手をとった彼は、ふんっと鼻で返事をすると、繋いだ手を引くようにして家路を進んでいく。

初めて出会ったお見合いの日にエスコートされたときとは違って、繋がれた手に引っ張られるような感じがダリアール様らしいとなんだか微笑ましく感じてしまった。

しばらく手を繋いだまま歩いていると、彼は突然その足を止める。

一瞬気付くのが遅れてその背にぶつかってしまい、私は彼を見上げた。

ダリアール様は、じっとこちらを見つめている。

「なあ。口付け、していいか」

「ええと……ここで、ですか？」

雨が降っているためか、周辺に人影はほとんどない。

しかし、いつもはそこそこ人通りのある場所であるし、時間帯としても仕事終わりの人々が行き交うことの多い頃合いだった。

そんな人前で、二人の秘め事を披露するのには少し抵抗がある。

「ここだと都合が悪いのか？」

不満そうに目を細めるダリアール様には、そういった抵抗はないようだ。

もしかしたら、レントワールでは口付けが二人の秘め事という認識はないのかもしれない。

とはいえ、ここは我が国であり、この場所においては私の感覚の方が正常なはずだった。

「雨で人通りが少ないとはいえ、人目がないとは言いきれないので」

「他人の目が気になるのか。それなら、人に見られなければしてもいいんだな？」

自室に帰ったら、ということだろうか。

先日既に口付けは交わしてしまった仲ではあるし、そういうことならば今更拒む理由もない。

「はい、それなら問題ないです」

「言質とったぞ」

その言葉と同時に、視界が真っ暗になる。

何が起こったのか瞬時には理解できなかったが、周囲が石鹸の香りに包まれていることで、自分がダリアール様のローブの中に収まっていることに気がついた。

「えっあの――」

「このローブには認識阻害の機能があって、フードを被れば周りからは着用者の存在を認識できない。アンタもローブの中にいれば、アンタだとは気付かれない」

見上げたダリアール様は、にっと歯を見せて笑うとフードを被る。

「人に見られなければいいんだろ？」

そう呟いた彼は、返事を待たずにその指で私の顎を上に向かせた。

先日交わした初めての口付けは、甘くて熱くて幸福を溶かし込んだようなものだった。

唇を離した後はくったりと身体の力が抜けてしまったし、ダリアール様が帰られてからも、あのときのいつまでも溺れていたくなるような幸せな感覚を何度も反芻していた。

あの日だってしばらくはだらしなくぼんやりとしてしまったのに、こんな往来であんな口付けをされてしまったら立っていられるだろうか。

そんなことを考えながら力一杯両目を瞑《つぶ》っていると、彼が近づいてくる気配がある。

熱を帯びた吐息を感じて緊張に身をこわばらせた瞬間、カチャッと妙な金属音が響いた。

思わず目を開くと、至近距離にあったダリアール様の顔が不服そうに歪《ゆが》んでいる。

「……チッ邪魔くせぇ」

どうやら私がかけていた眼鏡にぶつかったらしい。

憎々しげに眼鏡を取り上げると、この期に及んで邪魔するとかどうなってんだとなぜか眼鏡に対して不満をぶつける姿を見て、堪《こら》えきれずに笑ってしまった。

ああ、こういうところが良いなと思う。

大国の王族として生まれ容姿に優れた彼ならば、相応の振る舞いをすればどんなお姫様でも振り向かせられるのに、言葉遣いは荒くてたまに子供っぽくて、思ったことを素直に口にするその姿が愛《いと》おしくてたまらないのだ。

ダリアール様と眼鏡のやり取りを笑っていると、ふと視界が陰った。

不思議に思って顔を上げると、ふにっと柔らかいものが唇に当たり、彼が手に持っていたであろう眼鏡が戻ってくる。

至近距離にあった彼の顔を見て、今の感触が彼の唇だったことを知る。

「今はこれで許してやる」

それは私に言ったのか眼鏡に言ったのか。

宣言文句と一緒に勝ち誇ったように笑う彼を見て、思わず顔が熱を帯びた。

続きは帰ってからなと耳元で囁《ささや》かれると、背中を押されるままに歩き出す。

そんなことを口にしているが、最近はダリアール様の訪問があるため母が毎週末帰宅してくることもあり、帰ったらすぐに家族全員の夕食の時間だろうし、食事が終わる頃にはいつもの宿屋に帰らなければならない時間になってしまうだろう。

毎週そんな感じながらも、私の家族とも楽しそうに食事を共にしてくれるダリアール様を、ついつい眩《まぶ》しく見つめてしまっていた。

これほどに愛しさを積み上げておきながら、未だに彼との関係を前に進められない自分が歯がゆくて仕方がない。

両親のもとに生まれたことを一度たりとも不幸に思ったことはなかったが、彼の側にいたいと思ったとき、自分が平民でなかったならばとつい考えてしまう。

私にはまだ、なんの解決案も見つけられないでいた。

「エルザ・バネッサ様でいらっしゃいますか？」

いつものように仕事終わりに帰宅しようと職場から出たところで、老紳士に声をかけられた。

とある公爵家の執事であることを明かされ、自宅まで馬車で送りがてら主人が話したいと言っていると説明されると断ることもできなかった。

新手の人攫《ひとさら》いかと警戒しながらついていったが、路地裏にひっそりと停められていた馬車は質素ではあるがしっかりしており、老紳士の話は本当だったと胸を撫《な》で下ろす。

馬車に乗り込むと、先日お会いしたサンドラ様とはまた別のタイプの美しい御令嬢が座っていた。

「エルザ様お初にお目にかかります。私はライダール公爵家のディアーナと申します。突然のお誘いで驚かせてしまったことをお詫《わ》び申し上げます」

歳《とし》の頃はアメリア様より少し上だろうか。

緩くウェーブした蜂蜜色の髪を纏《まと》め、上品に伏せられた翠《みどり》の瞳は金の睫毛《まつげ》に縁取られている。

まるで絵画から抜け出してきたような美しさだ。

「先日はカッツェ伯爵家のサンドラ様が、エルザ様と一緒におられたレントワール王家の方に大変な失礼をいたしました。筆頭公爵家であるライダール家の一員として、我が国の貴族の非礼をお詫び申し上げます」

「なぜそれを……」

口にした後で、彼女の発言を肯定してしまったことに気付き慌てて口を押さえる。

私のその行動だけで彼女はダリアール様のことを察したようだった。

「決して周りに吹聴するようなことはございませんのでご安心ください。昨日我が邸《やしき》で開かれた茶会でサンドラ様が、金緑の瞳の魔術師様にお会いしたと口にした上で平民だったと主張しておりましたので、恐らくと推察させていただきました。彼女には深く反省するよう言い含めておりますので、どうか平にご容赦くださいませ」

我が国で最も身分の高い御令嬢に謝罪をされていることに動揺を隠せず、思わず顔を上げてくださいと声に出してしまう。

腰を据えたままの拝礼であったが、その所作すら思わず見惚《みと》れてしまうほどの美しさだった。

「失礼ですが、エルザ様とレントワール王家の方とのご関係を伺ってもよろしいでしょうか」

彼女の質問に胸の中が騒《ざわ》つく。

私とダリアール様との関係は、なんと言葉で表せばいいのだろうか。

「先日一緒にいた方は、我が国の英雄であるロワール様の兄君にあたる方です。以前アメリア様のご紹介でお会いしてから、その……友人関係にあります」

友人関係と言葉にするだけで、何かが胸に刺さったような痛みを覚える。

「まあ、アメリア様のご紹介でしたのね」

おおよそ予想はしていたのだろうが、彼女は知っている名前を耳にして安堵《あんど》したようだった。

思案するように何度か頷《うなず》くと、真っ直《す》ぐに私の方に向き直った。

「エルザ様、耳に痛い話かもしれませんが聞いてください。もしエルザ様が今後彼との婚姻を考えられた場合、平民の貴女《あなた》がレントワール王家に嫁ぐことに対して、我が国の貴族達が煩《うるさ》く口を出してくるでしょう」

予想していたことだ。

恐らくこの美しく聡明な御令嬢は、身を引くように勧告しに来てくれたのだろう。

「そこで提案なのですが、エルザ様さえよろしければ、我が公爵家を後ろ盾とされませんか？」

彼女の言葉がすぐには理解できなかった。

ライダール公爵家といえば、我が国で最も格式の高い家柄である。

そのような貴族から、一平民でしかない私の後ろ盾を提案されている。

「実はバネッサ夫人には事前に打診をしておりまして、エルザ様ご本人にお話しするのが遅くなってしまい申し訳ありません。バネッサ夫人は、エルザ様が望むのであれば是非にと返答をいただいております」

母の名前が出て瞬時に現実に引き戻された。

「理由をお聞かせ願えますか？」

貴族の提案というものは、表と裏があるはずだ。

私に都合がいいだけのこの提案にも、何か事情があるに違いない。

「数ヶ月前、我が国の褒賞として、王太子妃候補であるアメリア様がレントワールへ嫁がれたことはご存じでしょうか？」

「はい、町の噂《うわさ》を耳にした程度ではありますが」

　ディアーナ様は私の声に小さく頷くと、エメラルドのような瞳をすうっと細めた。

「現王太子であるルイス殿下は、長年婚約者であったアメリア様を蔑《ないがし》ろにし、リリア様という別の女性にうつつを抜かしていたのです。そんなとき、国の英雄となったロワール様がアメリア様を褒賞に望まれ、彼女はそれを受け入れました。公然の秘密としてリリア様を城下への視察にも連れ回していた王太子殿下と、城下町で商会を経営し民からの人気も高かったアメリア様。民がどちらの味方をするかは、火を見るより明らかですわ」

　王太子殿下の悪評については、市井《しせい》に広がっている噂の中でも何度か耳にしている。

　我が国を救った英雄の褒賞として他国へ渡った健気《けなげ》な御令嬢に対し、浮気をした王太子殿下は完全な悪役となっていた。

「アメリア様が嫁がれたことによる、我が国の損失は計り知れないのですよ。彼女がいてこそ、貴族学院で自由に過ごせていたことも、殿下は忘れてしまっていたのでしょうね。方々手を尽くしているようですが、リリア様は王妃の器ではありません。リリア様を見捨てられない殿下は、王位継承までには廃太子となるでしょう」

　廃太子という言葉が重く響く。

　しかし一国の王となる人間が、優しいだけでは務まらないのも事実だ。

「残酷に聞こえるでしょうが、今回の件で王家の求心力はあまりに落ちてしまいました。今民意が求めているのは王太子のすげ替えです」

ここまで国政を把握しているのが、うら若き御令嬢であることに驚く。

ちらと表情を窺《うかが》えば、首を傾《かし》げるようにして柔らかく微笑《ほほえ》みかけられた。

「我が公爵家には現王の妹が降嫁したため、今最も王家に近い血筋であり、兄も弟も未婚です。立太子するのであれば恐らくどちらかになるでしょう。我がライダール公爵家を後見としていただけるなら、その他の貴族を黙らせることは容易ですわ」

彼女の話が本当であれば、将来の王家が後ろ盾になってくださることになる。

願ってもない話だが、これは私に都合が良すぎるのではないだろうか。

一方にしか利益のない提案を、貴族がするはずがない。

「私にとって利点が多いご提案ですが、なぜ一平民でしかない私にディアーナ様のような高貴な方が手を差し伸べてくださるのでしょうか」

ディアーナ様は、手に持っていた扇を口元へと運び、その瞳を伏せた。

「ここだけの話、アメリア様が嫁がれた直後は父からの指示で何度も侯爵家へ繋《つな》ぎのお願いをしておりました。私をレントワール国の貴族に嫁がせるためです。しかしアメリア様にはお見通しだったのでしょう、一度も返事は来ませんでしたわ」

つまりアメリア様に取り合ってもらえず希望は叶《かな》えられなかったということになるが、彼女に悔しそうな様子はない。

不思議に思いながら見つめていると、私の視線に気付いたディアーナ様はくすりと微笑んだ。

「実は私には心を通わせ合った婚約者がおりますが、伯爵家の生まれなのです。たとえ私がどんなに婚約継続を望んでも、王太子の変更が行われれば姻戚関係の強化のためにレントワール国の貴族へと嫁がされるでしょう。父はいざというときのために、婚約破棄となっても問題にならない婚約者をと選定されておりましたから」

「そんな」

「ですので、エルザ様が我がライダール家縁《ゆかり》の方としてレントワール王家に輿入《こしい》れしていただければ、エルザ様は公爵家の後ろ盾をもって安心して嫁いでいただけますし、私は好いた相手と婚姻をすることができますの」

利害の一致ですわねと微笑む彼女に、今日初めて年相応の笑顔を見た気がする。

公爵家に生まれ、家のために嫁ぐことが当たり前と育てられた彼女が、好きな人のために自分の役目に抗《あらが》おうとしているのだと気付くと、その強い意志に胸が熱くなった。

「色々と話してしまいましたが、結局私が好いた方と結ばれたいだけですのよ。戦勝祝賀会でのアメリア様を見て、私も素直になりたいと思いましたの」

「戦勝祝賀会でのアメリア様、ですか？」

アメリア様は貴族達の集まる戦勝祝賀会で、褒賞として望まれてそれを受け入れたと聞いた。

その場に参加していなかった私は何が起こっていたのかわからず、首を傾げてしまう。

ディアーナ様は、おかしそうに肩を揺らしながら笑うと、柔らかな口調で私に教えてくれた。

「戦勝祝賀会での彼女は、それは美しかったですわ。アメリア様も英雄様も、お互いを見つめる瞳が愛し合うそれでしたもの。いつかお会いできたら、詳しくお伺いしてみたいものですわ」

周囲へ相談するため提案を一度持ち帰らせてほしいと話せば、彼女は賢明なご判断ですわと快く受け入れてくれた。

気付けば既に自宅へ着いていたようで、ディアーナ様が合図をすると、先程の老紳士が扉を開いてくださる。

馬車を降りる前にディアーナ様へ礼をとると、彼女はふんわりと微笑んだ。

「色々落ち着きましたらお茶でもしましょう。そのときには私の婚約者もご紹介いたしますわ」

御礼を伝えて馬車から降りる。

正直、今回の提案をどこまで信じていいのかわからない。

近いうちに母にお願いして、一度アメリア様にも相談してみよう。

次の休みは三日後、ダリアール様に会えるのはその日になるだろう。

この話をすれば、彼はどんな顔をするだろうか。

身分を気にしていたことを話してしまえば、そんなことを気にしていたのかと笑われるかもしれない。

それでも私は、彼との将来に向き合える可能性が見えたことで胸に明かりが灯《とも》ったように感じた。

自宅へと向かう私の足取りは、仕事終わりの疲労も忘れたように軽やかだった。

「まあ、ディアーナ様からそのようなご提案が」

驚くアメリア様の薄紫色の瞳が見開かれる。

先日のディアーナ様からのご提案について母を通して相談したところ、直《す》ぐにアメリア様から御返事をいただき、ベレッタ侯爵家の客間にてお会いすることになった。

「ライダール公爵家の養女となった上での婚姻となるでしょうが、レントワール――いえ、魔術師の方の性質上、結婚後帰国する機会も少ないかと思いますから、煩わしい貴族間のお付き合いの心配はなさそうですわね」

アメリア様は我が事のように真剣に考えてくださるが、言葉の中に聞き慣れない響きを覚えた。

「魔術師の方の性質とは、何か違いがあるのですか？」

「あら、ダリアール様からお聞きではありませんか？」

アメリア様は私自身も全てを知っているわけではありませんがと前置きをされてから、その性質について教えてくださる。

そもそも魔術というものがどのようなものか具体的に知らなかったし、正直物語の中で見かける架空の存在くらいに捉えていた。

魔術師は感情の振れ幅から発生するエネルギーを魔力とするらしく、通常の人達よりも感情の揺れが大きいことから、レントワールでは『愛が重い』という理由で恋愛対象から嫌厭《けんえん》されがちなのだそうだ。

「その、エルザ様はダリアール様と口付け等をなさいまして？」

「……はい、先日口付けだけですが」

「その、実際に触れたり、深く接触することで魔力酔いが起こるかを確認できるそうなのです。詳しくはダリアール様にお伺いされた方が良いかもしれませんが、既になさってるのであれば問題なさそうですね」

込み入ったことをお尋ねして申し訳ありませんと困ったように微笑んだアメリア様は、お茶を口にすると、背筋を正してこちらへ向き直った。

「今回のご提案、良いお話だと思いますわ。ライダール公爵家御兄弟の優秀さはお伺いしたこともありますし、属国となる可能性が高いだろうと思っていた祖国を立て直せる道筋ができたことは、残してきた家族達にとっても良いことだと思います。個人的には、ライダール公爵家がレントワール国の縁続きとなってくだされば、我がベレッタ侯爵家の状況も改善されるかもしれませんのでありがたいです」

もちろんエルザ様が望まれればの話ですが、とアメリア様は微笑みをたたえてゆっくりと頷かれる。

現在ベレッタ侯爵家は我が国唯一のレントワールへの繋がりとして、他の貴族達からのお誘いやご機嫌伺いが絶えないらしい。

確かにそういう意味でも、アメリア様にご恩返しができるなら一石二鳥とも言える話だった。

思案していると、ふと密《ひそ》やかな笑い声が聞こえて顔を上げる。

正面に座っているアメリア様は、嬉《うれ》しそうに目を細めてこちらを見つめていた。

「お二人のご関係が順調そうで、何よりですわ」

アメリア様の言葉に、じわりじわりと頬に熱が集まっていくのを感じる。

一度は諦めようとしたにもかかわらず、こうして身分差についても解決策が出てくるだなんて、以前この場所でご相談したときには思いもよらなかった。

「……アメリア様のおかげです」

「エルザ様がご自身のお気持ちと向き合われたからこその結果ですわ。あの日、ダリアール様に本心を打ち明けられたから今日があるのですもの」

アメリア様はいつも私の心に寄り添ってくださる。

思わず目頭が熱くなりそうになるのを堪《こら》えながら、感謝の気持ちを込めて深く頭を下げた。

「近いうちに、エルザお義姉様《ねえさま》と呼べる日を楽しみにしておりますわ」

彼女の優しい声が、また私の背中を押してくれるのだった。


「はぁ？　そんなこと気にしてたのか」

第一声に全く予想通りの反応を返されて、拍子抜けしてしまった。

いつものように私の休みに合わせて訪問してくれたダリアール様に、先日のディアーナ様からの提案とアメリア様に相談した内容を話すと、ふぅんと一つ相槌《あいづち》を打った後にこちらに伸ばされた指に額を弾《はじ》かれる。

「レントワールにも確かに身分制度はあるが、それよりも魔力量や相性が重視される。そんなちっさいこと悩む前に、俺に相談すれば良かったんじゃねぇの」

自分の席だと言わんばかりに私の部屋の椅子で寛《くつろ》いでいる彼は、頬杖《ほおづえ》をついてこちらを見上げ睨《にら》むように口にした。

　どうやら一番に自分を頼らなかったことが気に入らないらしい。

「アメリア様からレントワール国の魔術師についても教えていただきました。この間の口付けは魔力酔いの確認ですか？」

「は？　いや、まあそうかな」

　歯切れが悪い答えに、彼が口付けを望んだ理由全てが魔力酔いの確認ではないことを知る。

　少しは好意があったのだと自惚《うぬぼ》れてもいいだろうか。

「アメリア様の旦那様は魔力酔いを起こさせやすい体質と伺いましたが、ダリアール様もそうなのですか？」

「まあロワールは仕方ないとして、俺で魔力酔いするかどうかは半々じゃねぇかな？　今までのお見合いがうまくいかなかった理由の半分は魔力酔いで、残りは俺の性格だったし」

「ダリアール様の性格に問題があるとは思えませんが」

　ダリアール様はひたすら真っ直ぐでわかりやすい性格だ。

　不器用な部分はあるかもしれないが、平民である私達にも親しみやすい態度や口調で接してくださっている。

「今までは王族の俺を相手にしたいっていう縁談だったからな。もっと穏やかな性格の方がとか貴族らしくないとか、優雅さが足りないとか散々言われた気がするが、まぁもう覚えてねぇわ」

椅子の背もたれに寄りかかって欠伸《あくび》でもしそうな態度に、本当に覚えていないのだろうと察する。

ダリアール様は、他人についてはとことん興味のないタイプなのだろう。

「ずっとお伺いしたかったのですが、なぜ私に興味を持ってくださったのでしょうか。ダリアール様であれば、今まで多くの女性の方と出会われてきたと思うのです」

自己評価が低すぎるつもりはないが、大国の王族の方に見初めていただけるほどの容姿をしているとは全く思っていない。

更にお見合い期間中もダリアール様は、興味ないだろう読書を話題にしてみたり、王族らしい振る舞いを心がけてくださったりと、私との成婚に向けて努力をしてくださっていたように感じた。

「……アンタ、初対面のとき笑わなかったろ？　俺の機嫌を取るつもりが全くないのがわかった」

「まあそうですね」

初対面の瞬間は、ダリアール様の王族らしい振る舞いに踵《きびす》を返そうかと悩んでいたほどだった。

「王族らしい振る舞いをしても無反応なのに、なぜか俺の汚い文字を褒めてくるしこっちも混乱した。でも、本の話したとき笑ってくれただろ？　アンタは俺と話してて楽しいんだなって思ったら嬉しくて。俺は元々口が悪いから、大体の女は俺が話しかけると嫌な顔するし」

恐らく『騎士の純愛』の話を振られたときのことだろう。

しかし、実際にダリアール様と話すのは楽しかったし、正直口が悪いとは思わなかった。

むしろたまに出る素の口調に興味をそそられるくらいだった。

「だから、もっと話したいって思っただけだ。何か悪いかよ」

最後はこちらを睨みつけながら語っているが、その拗《す》ねたような表情に思わず頬が緩んでしまう。

私の表情の変化に気付いたのか、ダリアール様は舌打ちをしてそっぽを向いてしまった。

「……なぁ、気にしてた身分差が解決したんだよな」

「はい」

「それって、もう俺と結婚できるってことだよな？」

そう言われてみればとハッとさせられたが、そもそも私達の関係は今どうなっているのだろうか。

お見合いを経ての友人関係、あの日ディアーナ様に対してそう口にしたとき私の心は嫌な音を立てて軋《きし》んだ。

可能であれば、友人関係から一歩でも前進したい。

「結婚とは、恋人関係や婚約といった段階を経てから進むものですよね」

先日口付けをする前に、彼も関係を前進させたいと言っていた。

あのときは素直に頷けなかったが、今なら正直に答えられる。

私はダリアール様の恋人になりたい。

「おい、俺たちこの前口付けしたよな。確かに正式な婚約は結んでないが、恋人じゃねぇとは言わせねぇぞ」

「えっ」

驚きでつい何度も瞬《まばた》きを繰り返してしまう。

「は？　俺がなんでもない女と口付けしたとでも思ってたのかよ」

言われてみれば明確な口約束はなくとも、お互いに好意を抱いて口付けまでした関係を表現するならば、確かに恋人という関係性が適切な気もした。

そう気付いてしまえば、私は何をあんなに悩んでいたのだろうか。

「ロワールの奥さんからレントワールの魔術師の話聞いたんだろ？」

「はい」

「俺達の国では婚姻後の性の不一致を防ぐため、婚前交渉が推奨されてる」

彼の強い眼差《まなざ》しが射抜くようにこちらを見つめる。

恋人である彼が、私に望んでくださること。

「なぁ、いい加減アンタに触れたい」

それは私を幸福で満たしてくれる。

言葉と共に差し伸べられた彼の手が、頬に触れた。

こちらを真っ直ぐに見つめる金緑の瞳、指先から伝わる確かな熱。

それら全てが愛しくて、彼になら己の全てを差し出してもいいと思える。

「ダリアール様が望んでくださるなら、喜んで――」

私の言葉を最後まで待たずに距離を詰めた彼は、勢いのまま私の唇を奪った。

彼の腕に引き寄せられ、前のめりに倒れ込みそうになるところを、膝に乗せられ腰を強く抱き込まれる。

邪魔だったのだろう眼鏡を外されると、角度を変え更に深く唇が重なった。

彼の熱い舌が口内を荒々しく弄び、私の舌に絡みつくとじゅっと吸われる。

お互いの唾液が混ざり合い口端から溢《あふ》れるのも気にせず、深く深く口内を弄《いじ》られるともう何も考えられなかった。

彼の手が膝裏に回され、浮遊感に驚くと彼に抱き上げられたのだとわかる。

「……リアムは友達んとこ行くっつってたし、他の家族が帰ってくるまでも、まだしばらく時間あるだろ」

独り言のようなその呟きに顔を上げれば、こちらを見下ろすダリアール様と視線が合った。

「一応、防音壁は張らせてもらう」

聞いたことのない単語だったが、防音というくらいなのだから、きっと音声を抑えてくれる魔術か何かなのだろう。

私はぼんやりとした意識のままこくりと頷いた。

ベッドに降ろされると、再び唇を重ねられながら彼の手によって性急に衣類を剥ぎ取られる。

あっという間に一糸纏わぬ姿になると、羞恥から思わず身体《からだ》を隠そうとするが、私の腕はダリアール様に掴《つか》まれ枕元へと縫いつけられてしまった。

「隠すなよ、ずっとアンタの身体が見たくて仕方なかったんだ」

彼の唇が、首筋から胸元へと降りていく。

熱く湿った吐息が肌にかかるたびに、ぞくりと背中に刺激が走った。

こぼれそうになる声を思わず抑える。

「今のアンタの声は俺にしか聞こえねぇよ。我慢しなくていい」

ぶっきらぼうな物言いなのに、いつも私への気遣いを最優先してくれるダリアール様の優しさが、暴力的なほどに私の心を掴んで離さない。

この人に全てを捧《ささ》げたい、と心から思う。

彼の唇が胸元から細《ささ》やかな胸の膨らみへ移動し、その先端へと向かう。

そこへ達するまでの期待とくすぐったさで、思わず背中を反らしてしまう。

「期待してんの？　さっきから触ってほしそうにずっと主張してる」

彼の吐息が胸の先端にかかり、そこがピンと立ち上がっていることを自覚させられる。

「言わないでくださ――んうっ」

先端を口に含まれ、熱い舌にころころと転がされる。

それだけで言いようもない刺激が下腹部へと走った。

私の腕を押さえていた彼の手も、いつの間にか反対の先端を弾くように扱《しご》いている。

「ん……んんっ」

「声抑えるなって言ってんのに強情だな」

空いていた彼の反対の手が私の下腹部へと伸ばされた。

脚の付け根に差し込まれた指を受け入れると、彼の指が割れ目をなぞりクチリと水音を立てる。

はしたない水音にカッと顔に熱が集まるが、ダリアール様は気にした様子もなく、胸の先端への刺激を続けたままその指を蜜口へと沈めていく。

彼の指が出し入れされるだけで、ぐちゅりぐちゅりといやらしい水音が響く。

胸の先端を甘噛《あまが》みされたり舐《な》められ続けるだけでも刺激が強いのに、私の中にダリアール様の指が突き立てられていると思うだけで、言いようのない快感が私を追い詰める。

蜜口に突き立てられる指が二本になり、親指が前の突起をぐりっと押した。

「ひっ!?」

あまりの快感に腰を引きそうになるが、敏感な部分を全て責められている状況でどこへ刺激を逃していいかもわからない。

私の反応に心得たように、彼は中に指を突き立てながらも前の突起を刺激し始めた。

「やっやめ、あっ……んぁっ！」

下腹部から迫り上がってくる快感が背中を走って、頭の中を真っ白にさせる。

優しく愛撫《あいぶ》されていた胸の先端も、追い詰めるように強く吸われ彼の指に弾かれると、強すぎる刺激が合わさっていとも簡単に私を快感の先へと追いやった。

強張《こわば》った身体を弛緩《しかん》させて肩で息をしていると、私が達したことに気付いたようで、ダリアール様は動きを止めてそっと触れるだけの口付けを落としてくれる。

「魔力酔いは平気か？」

「……はい、多分。気持ちいいだけ、でした」

「はは、そっか」

彼は嬉しそうに私の頭を撫でる。

ぼんやりとした意識の中でも、彼が喜んでくれることがただただ嬉しくて、じんわりと胸の奥が温かくなっていくのがわかる。

私の頭を撫でる彼の手を取って、その甲に口付けた。

「ダリアール様にも、気持ちよくなってほしいです」

貴方《あなた》が欲しいです、と伝えると彼の腕が背中に回る。

強い力で抱きしめられると、一つに縛っている彼の髪が揺れた。

私の肩口に顔を埋めて、その唇を押しつけながら彼は小さく呟《つぶや》く。

「アンタがいいなら。俺を受け入れてほしい」

肯定の意味を込めて彼の背中に腕を回すと、彼が前をくつろげているのがわかった。

膝裏を持ち上げられ、先程彼の指に解された蜜口に熱いものがあてがわれる。

その先が触れるだけで、濡《ぬ》れそぼったそこはぐちゅりと淫らな水音を立てた。

ぐぷりと先端が押し込まれ、中へ中へと押し入ってくる圧迫感に思わずシーツを握りしめる。

浅く息を吐いてその圧迫感を逃していると、ぐっぐと腰を押し進められ、彼が悩ましい吐息を上げる。

「はぁ、このままずっとアンタの中に入ってたい」

彼は中にそれを沈めたまま、私の方に倒れ込むと私の胸元へ顔を埋める。

啄《ついば》むように口付けを落とし、こちらを見上げて幸せそうに微笑んだ。

「私もダリアール様と繋がれて幸せです」

「……受け入れてくれてありがとう、エルザ」

その瞬間、突然の浮遊感が全身を襲った。

電流が走ったように、先程刺激を受けていた性感帯がジワジワと熱を持っていくのがわかる。

「あ……んぅ」

「エルザ？」

中に沈められたままのダリアール様のモノが動かないことが切ない。

胸の先端が寂しい、前の突起も触れてほしい、中のモノに激しく揺さぶられ責め立てられて、全ての快楽を拾って絶頂したい。

感じたこともない衝動が身体を巡っている。

「どうし――もしかして真名呼んだから精神干渉起こしてんのか」

「精神、干しょ……？」

身体が熱に浮かされているようで、ダリアール様の声が遠く感じる。

頬に触れられた感覚に目を開くと、こちらを見つめている彼の真剣な視線とぶつかった。

「俺の名前わかるか？」

「んっ……ダリア、ル様」

ああ、そんなに優しくしないでほしい。

もっと激しくしてくれていい、酷《ひど》く扱ってくれていい。

貴方が求めてくれるなら、貴方が愛してくれるなら、私は貴方の全てを受け入れたい。

「大丈夫か？」

「わからな、熱くて……んぅっ」

下腹部が熱い。

挿《い》れられたままの彼のモノが中を擦《こす》ってくれないことが切ない。

「悪い、一旦身体を休ませてから」

「や、お願、やめないで」

彼の腰に脚を絡ませ、引き抜こうとされたモノを必死に引き止める。

「中、切なくて。やめないで、お願い」

私の言葉に、彼の喉元がごくりと動くのがわかった。

いいんだな、と一言呟くと再び私の膝裏を持ち上げ、私の臀部《でんぶ》にぐいっと腰を押しつけた。

「んあっ！」

さっきまでは感じなかった刺激が走る。

感覚が敏感になっているようで、中に押し入る熱棒が激しく打ちつけられるその刺激も、ぐちゅぐちゅと響き渡るその水音も、膝裏に回された彼の逞《たくま》しい腕すらも、その全てが愛《いと》しくて堪《たま》らない。

ダリアール様のモノが中を出入りしている事実が、私を高めてくれる。

「は、気持ちい、あっ……んぁっ」

ダリアール様の全てが欲しい。

身体を起こして口付けを強請《ねだ》ると、彼は獲物を捕食するように私の唇を貪った。

彼の熱を感じたくて舌を伸ばすと、その舌を扱くように吸い上げられる。

混ざり合う唾液を嚥下《えんげ》すると、喉の奥まで犯されているような感覚に満たされた。

激しく揺さぶられて、口内も蹂躙《じゅうりん》されて、彼の色に染められることが嬉しくて堪らない。

「はっそんな顔されたらもう、絶対人前じゃ名前呼べねぇな」

彼の言葉が理解できず首を傾げると、彼は私の身体をぐるりと反転させてうつ伏せにする。

「気付いてねぇの？　ほら」

彼の骨張った手で顔を上げさせられると、ベッド脇の姿見に自分が映った。

そこに映っていたのは、頬を上気させ、だらしなく薄く口を開いた淫らな女の顔だった。

「あ……やぁ」

先程までの自分の痴態が脳裏を駆け巡り、一気に羞恥が押し寄せてくる。

冷静になった頭ではこの数分の出来事が信じられなくて、思わず頭を振った。

背中に覆い被《かぶ》さる彼は私の変化に気付いていないのか、ゆっくりと律動を再開する。

「これからはその蕩《とろ》けた顔は俺にだけ見せてくれよ。なぁエルザ」

その声に再び宙に浮かされたと感じた瞬間、もう彼の与えてくれる快感のことしか考えられなかった。

ずちゅずちゅと中を抉《えぐ》るその熱棒の刺激が欲しくて仕方がない。

背後から伸ばされた彼の手が乳房を揉《も》みしだき、胸の先端を強く摘《つま》まれると下腹部まで痺《しび》れるような快感が走った。

「あんっは、気持ちい……んうっ」

「腰動いてんのわかる？」

もっと快感を拾いたくて、中を抉ってほしくて、自分から腰を動かしていたらしい。

止めたくても止められない。

私の身体はまるで自分のものではないように、全ての性感帯から快感を貪ろうとしていた。

胸の先端を弄っていた彼の指が、脚の付け根に降り、前の突起を引っ掻《か》くように触れれば、過ぎた刺激に腰が跳ねた。

「んあっひ、ああっ……！」

溜《た》まりに溜まった快楽が弾けて真っ白になる。

弛緩した私の腰を抱き上げるようにして、激しく何度か腰が打ちつけられると、中のモノがビクビクと痙攣《けいれん》するのがわかった。

ダリアール様の全てを受け入れられたのだと感じると、先程までの暴力的な熱が収まり、温かな安堵が広がってくる。

「魔力酔いがあるか聞きたいけど、それどころじゃないよな」

「ん……う？」

どうしてですか、と聞き返そうとしたのに思うように口が動かない。

なんとか首だけは彼の方に向けたものの、何かに痺れたように身体全体が重く感じた。

「悪い、調子に乗った」

彼が自嘲気味に私の頸《くび》に唇を寄せる。

まるで自分を責めるような口調に、私が望んだことだと伝えたかったが思うように口が動いてくれない。

「いい、休んでろ。どうせ、もう手放せない」

そっと私の頭頂部に口付けが降ってくる。

彼の両腕が腹に回り、力なくうつ伏せていた私の身体を起こし横向きにすると、背後から抱きしめるようにしてベッドへと沈んだ。

ぎゅうぎゅうと私を抱きしめるその腕は、まるで何かを恐れているように力が抜けることがない。

先程の言動から、彼は私が望まないことをしてしまったと感じているのだろう。

思うように思考が纏まらず口も回らないが、ただダリアール様に安心してほしくてその腕に手を添える。

腕をなぞって彼の手に辿《たど》り着くと、その指に自分の指を絡めてそっと握った。

彼がびくりと反応したのがわかる。

私の気持ちが伝わるように、嬉しかったことが伝わるように、その指先をそっと撫でた。

「……そうか、ロワールが言ってたのはこういうことか。はは、これはもう放せないな」

彼の腕の力が少し弱まったのがわかる。

囁《ささや》かれた言葉の意味は理解できなかったが、口にできなかった私の気持ちが伝わっていたらいいと思う。

そう思いながら、重い瞼《まぶた》に抗《あらが》うことができず意識を手放してしまったのだった。

エピローグ

「ご結婚おめでとうございます。お義姉様《ねえさま》、これからよろしくお願いいたします」

目の前には、清楚《せいそ》な空色のドレスに身を包んだアメリア様が微笑《ほほえ》んでいる。

熱を交わしたあの日から、驚くべき早さで私達の婚姻は進められた。

ディアーナ様を通して戸籍上ライダール公爵家の養子となる手続きを済ませた頃には、ダリアール様によって婚姻手続きは完了していたらしい。

今日は婚姻披露として親族同士が挨拶するための食事会が開かれる予定となっており、開始時間前にお世話になったアメリア様のもとへ挨拶に伺っていた。

アメリア様の旦那様である祖国の英雄ロワール様は、魔力酔い対策の準備をするため、ダリアール様と一緒に別室へと席を外していた。

初めてダリアール様とお会いした庭で、アメリア様と向かい合う。

「こちらこそ、不慣れなためご迷惑をおかけすることも多いと思いますが、よろしくお願いいたします」

本来レントワール王家の婚姻については成婚披露宴が開かれるそうなのだが、ダリアール様が魔術師であることと、私がライダール公爵家の養女となった関係からの面倒事を避けるため、親族同士だけで内々の披露宴を開くに留めることになった。

魔術師の性質についてはこの国の者であれば周知のことであり、ロワール様がご結婚された際も、アメリア様を隠すように過ごされる姿がいかにも魔術師らしいと噂《うわさ》されていたらしい。

ライダール公爵は盛大な結婚式をと主張していたらしいが、身内の立太子を控えている状況で国内が落ち着いていないことなどを理由にディアーナ様が押さえ込んでくださったそうだ。

レントワール王家とライダール公爵家との婚姻を取りつけてきたことで、父も私の発言を無碍《むげ》にできない状況になっているとディアーナ様本人からの手紙で伺っていた。

「初めてここでお会いしたときの紺色のワンピースもお似合いでしたが、今日の衣装は一段とお似合いですわ。花嫁衣装の白を基調にダリアール様の濃紺と金緑を取り入れていらっしゃるのですね」

まるで自分のことのように喜んでくださるアメリア様に、思わず頬が熱くなる。

「ダリアール様がご用意してくださいまして、ありがたい限りです」

「ふふ、愛されていますのね」

『愛されている』というハッキリとした実感は、正直まだないかもしれない。

初めて熱を交わした後、目を覚ました私に彼は第一声で謝罪をした。

魔術師が名前を呼ぶと相性によっては精神干渉することがあると知りながら、気持ちが昂《たかぶ》って私の名前を呼んでしまったことと、その後も我慢ができずに無理をさせてしまったことを酷《ひど》く反省している様子だった。

精神干渉と聞いて驚いたが、確かに浮遊感や自制が利かない恐ろしさはあったものの、彼を求めた私の気持ちは本物だった。

それを伝えれば、彼は何かを堪《こら》えるような表情で私を抱きしめた。

彼によれば、精神干渉と言っても人によって症状はそれぞれで、私の場合はどうやら自分の気持ちや感情が素直に出てしまう性質なのだろうということだった。

「そういえばアメリア様は祖国ではよく本を読まれていたと母から伺っておりましたが、今でも嗜《たしな》まれるのですか？」

「ええ、侯爵家との行き来を自由にしていただいているおかげで、祖国に置いていた蔵書も自由に読ませていただいております」

お義姉様ほどではないかもしれませんが、と改めて私の呼び方を意識して微笑む様子が可愛《かわい》らしい。

「アメリア様は巷《ちまた》で流行したような、例えば『騎士の純愛』なども読まれましたか？」

「もちろんです！　情熱的な物語ですよね。私も何度も読んで参考にさせていただきましたわ」

「ふふ、そうですね」

『騎士の純愛』を参考にしたと真面目に語るアメリア様に思わず笑みがこぼれる。

その言葉に、やはり私達のきっかけを作ってくださったのはアメリア様に間違いないと心の内で確信した。

「おい、俺の話か？　悪口か？」

私の背後から現れたのは、白地の王族衣装に身を包んだダリアール様だ。

初めてお会いしたお見合い当日のような格好だが、あの派手なマントや華美な装飾品は身に着けていない。

「エルザ様に、ダリアール様に愛されていますのね、とお話ししていたところですわ」

「ふぅん？」

その言葉の真偽を疑うかのように、ダリアール様が目を細めてアメリア様を見据えると、その背後から彼女を抱きしめる形でロワール様が姿を現す。

「アメリア待たせてすまない」

まるでダリアール様からアメリア様を隠すように現れたロワール様は、王族の白地の衣装に白銀色のローブを羽織っている。

アメジストの装飾を見ても、アメリア様の髪と瞳の色を意識しているのが伝わってきて、微笑ましく思えた。

「おい、なんで俺以外に向かって笑ってんだ」

「え？」

振り返ると不服そうに眉根を寄せたダリアール様がこちらを睨《にら》んでいる。

「今ロワールの方を見て笑っただろうが。アンタは俺の奥さんなんだから、俺だけを見て俺にだけ愛想振りまいてればいいんだよ」

あまりに小さく可愛らしい嫉妬に、思わず笑みがこぼれる。

私達のやりとりが聞こえていたのだろう二人も、声を抑えるようにして笑っていた。

「ダリアール、相手を自由にさせてあげられるって言ってたお前が、魔術師の典型みたいなことを言う日がくるなんてな」

「うるせぇ、事情が変わったんだよ」

噛《か》みつくようにロワール様を威嚇すると、私の手を取って立ち上がらせた。

行くぞ、と勢いのまま腕を引っ張られ、ダリアール様の広い歩幅に合わせてつんのめった私を見て、悪かったと私にだけ聞こえる声で小さく囁《ささや》く。

この不器用で優しい魔術師様は、こうやってたまに歩幅を間違えることはあっても、振り返ってこちらを確認しながら隣を歩いてくれるのだろう。

そう思うと込み上げてくる嬉《うれ》しさが胸の中にいっぱいに広がった。

「なにニヤついてんだ」

「ふふ、嬉しくて。あのとき、貴方《あなた》を諦めないで良かったです」

「は？」

私の反応が意外だったのか、こぼれんばかりに大きく目を見開くと、ジワジワと赤く染まりつつある顔を勢いよく背ける。

「ほんとアンタって……帰ったら覚えとけよ」

「お手柔らかにお願いします」

改めて差し出された手に、己の手を重ねる。

魔術陣で王宮に向かえば、それぞれの親族が待っているはずだ。

お互いを唯一とできる相手と出逢《であ》いたい、そう願って長い間を過ごしてきたと思っていたが、結局は相手を好きになることから逃げていた臆病な自分と向き合えていないだけだった。

あの日、逃げなかったからこそ今がある。

顔を上げると、こちらを見つめる真剣なダリアール様と視線が合った。

己の伴侶となる唯一の人のものになれるなら、これ以上幸福なことはない。

「どうぞこれからも末永くよろしくお願いいたします」

改まった私の口調に、ダリアール様は小さく笑った。

「そういうのは夜で良い。我慢できなくなったら困るだろ」

冗談めかして話を逸《そ》らす彼を愛《いと》しく思う。

やがて彼の魔力が魔術陣に満ち、私達の周囲が光り輝く紋様に包まれる。

まるでその光が私達を祝福してくれているように感じて、これからの未来を眩《まぶ》しく感じるのだった。

嫁《い》き遅れの私がなぜか
魔術師王子に求愛されています

ダリアール編

MELISSA

物心ついた頃には、将来魔術師になることが決まっていた。

生来の保有魔力量が多かったため、周囲の人々に魔力酔いをさせないようにと日常生活では魔封じを身に着ける生活をしていたし、親兄弟と過ごす時間でもそれは同じだった。

そんな境遇の自分でも、弟よりはましだった。

弟のロワールは、魔封じを身に着けても抑えきれないほどの魔力を持って生まれたせいで、幼い頃から魔術師塔で管理される生活を送っていたし、自分達家族に会えるのだって年に数回だ。

可哀想《かわいそう》なロワール。

両親や兄姉《きょうだい》が寂しそうにそう口にするたびに、そう年の変わらない自分がロワールの分も家族を励まそうと明るく振る舞った。

弟が家族と離れて一人で頑張っているのだから、兄として一番下の兄弟として家族を元気づけるのは自分の役割だと思っていた。

そんなふうに過ごして十数年が経《た》ち、家族から隔離された弟は、魔力操作の天才と名高い宮廷魔術師団のアルバス師団長の下その魔力量を買われて、十六歳という若さで副師団長の役職に置かれているらしい。

十八歳になる年に宮廷魔術師団に入団した俺は、久々に弟と再会した。

「ロワール！　久しぶりだな」

「は？　ああ、ダリアールか……相変わらず声でか」

弟は若干ひねくれた性格に育っていたが、嬉《うれ》しいときには照れたように口を尖《とが》らせる癖は変わっていないようでついつい笑ってしまった。

「兄弟揃って独身男の墓場に突っ込んだんだから仲良くしようぜ！」

「……ダリアールはまだ可能性あるだろ。フィオール見習って結婚しなよ」

次兄であり魔力操作に才能のあったフィオールは、俺達が幼い頃から宮廷魔術師団に入団していた。

歳の離れた次兄は既に結婚しており、二人の子供の父親でもある。

「そうはいっても俺は魔術過多だしなあ」

「まあそれは……同じ条件のやつも多いだろ」

ロワールは言葉に詰まりながら、ふいと周囲に視線を向けた。

周囲には同じローブを羽織った魔術師達が忙《せわ》しなく行き来しており、その半数近くは首から魔封じを下げている。

魔力が多すぎる魔術師は『魔力過多の魔術師』と呼ばれている。

魔術師というだけでも異性からは嫌厭《けんえん》されがちだが、その性質によっても出会いの確率は大きく変わってくる。

宮廷魔術師団に勤める魔術師は、魔力操作の才能を買われて入団する『魔力操作の魔術師』と、魔力量を買われて入団する『魔力過多の魔術師』と大きく二つのタイプに分けることができ、それぞれに働く分野が違うので特に優劣はないのだが、こと結婚相手を見つけることに関しては魔力過多の魔術師は不利な立場に置かれていた。

魔力操作に優れた魔術師たちは魔封じを装着せずとも人と接することができるが、魔力過多の魔術師たちは高確率で魔力酔いを引き起こすため、魔封じなしで触れ合える相手を見つけること自体が難しい。

魔力過多の魔術師にとって、魔力酔いを起こさないことが前提条件となる恋人や結婚相手探しは容易なことではなかった。

「まあ努力はしてみるさ。縁談もいくつかあるって聞いてるしな」

「ふーん、まあ頑張れよ」

「お前の縁談も探してるって聞いたぞ？　実家からの手紙もちゃんと確認しとけよ」

「あーはいはい」

俺の言葉に興味なさそうに返事をしたロワールは、予定があるからと踵《きびす》を返して去っていく。

その背中を見送っていれば、行く先々で年上だろう魔術師達に声をかけられる姿が目に入った。

幼い頃から魔術師塔に通っていたロワールにとって、魔術師塔に勤める魔術師達は俺達家族よりも長く同じ時間を過ごした近しい存在なのかもしれない。

両親はまだ幼いうちから手放さざるを得なかった弟のことを酷《ひど》く心配していたが、想像していたよりもロワールは逞《たくま》しく、周囲からも可愛《かわい》がられて育っているらしいことを知って思わず顔が緩んだ。

「……結婚ねぇ」

今まで三回ほど縁談を受けたが、魔力酔いを起こされて途中で中断したのが二回。魔力酔いが起きずにうまくいくかと思った一回は、相手がどこぞの有名貴族のご令嬢だったらしく、俺の振る舞いが家格にそぐわないとして向こうから断られていた。

その一件で、たとえ魔力酔いが起こらなくてもうまくいかないこともあると思い知らされた。入団前の魔力測定でほぼほぼ上限値を叩《たた》き出した俺でさえ、相手が魔力酔いをするかは半々ぐらいの可能性だ。

魔封じを着けた状態でもおよそ確実に周囲の人間を魔力酔いさせてしまい、家族の側《そば》にすらいることのできない弟と触れ合える人間はまずいないだろう。

ロワールの結婚は絶望的だ。

俺をはじめ周囲の人間は、皆そう思っていた。

魔術師として忙しない日々を過ごしていたある日、思いもよらない知らせが飛び込んできた。

あのロワールが結婚すると言い出したのだ。

相手はロワールが視察に向かわされた海を挟んだ向こうの国出身らしく、その女性は弟が触れても魔力酔いを起こすことはなく、更には魔封じなしでも触れることができたのだと言うのだから、さすがに耳を疑った。

正直その話を長兄から聞いたときは、何かの冗談かと思った。

しかしロワールは実際に蜜月休暇を申請していたし、アルバス師団長に呼び出されて休暇明けにフィオールと俺とで弟夫婦に会う時間を作ってほしいと言われれば、半信半疑ながらもそれが事実であることを認めざるを得なかった。

王太子となっている長兄が言うには、ロワールはその女性の心を得たいがために本来属国に値するかの国を友好国とするべく奮闘したらしい。

確かに、自分の望む相手を得られるのならば努力する価値は十分にあるだろう。

魔術師とは、そういう特性を持つ生き物だ。

特にロワールの場合は今まで人との関わりを避けて生きなければならなかった分、魔封じなしで触れ合える相手を見つけてしまえば尚更《なおさら》手放すことはしないだろう。

魔術師の性の強い弟のことだから、その女性を攫って捕まえて逃げられないように雁字搦《がんじがら》めに囲い込んで、周囲の誰の目にも触れないよう閉じ込めてしまうに違いない。

相手がどれほど抵抗しようとも押さえつけるだろうし、逃げようとしたって無駄なあがきだ。

もしかしたら相手の同意はないかもしれない。

生来魔術として転移を得意としているロワールには誘拐なんて造作もないことだし、魔術が未発達の国出身ならば魔道具を使った意識操作も可能だろう。

なんなら魔封じなしで触れられるという相手に出会ったということ自体がロワールの妄想で、連れてきた妻が人間ではないという可能性まで考えた。

万が一弟が犯罪まがいのことをしていたら、最悪目を覚まさせてやらなければ。

そう思って様々な気構えをしつつ二人との面会に臨んだのだが、ロワールと共に現れた女性がごく普通の美しい女性だったことで拍子抜けしてしまった。

「お兄様方へ挨拶が遅れまして申し訳ございません。先月ロワール様の妻となりましたアメリアと申します。これから末永くよろしくお願いいたします」

はっきりとした意思を示す瞳と表情、明瞭な言葉遣いから意識操作の気配はない。

ロワールと距離をとるような仕草も見せず、無理矢理誘拐された様子もなかった。

更には彼女が己の意思で弟との結婚を望んだと言い出したものだから、あまりの驚きに目を丸くするしかなかった。

弟の愛情を嬉しく思うという彼女の言葉に驚きを隠せずにいると、隣に立っているロワールまで目を見開いているのが視界に入る。

なぜ当事者が驚くのかとも思うが、目を瞬《しばたた》かせたロワールは込み上げる感情を抑え込むように胸元の魔封じを握りしめると、喜びを隠しきれない様子で嬉しそうに微笑んだ。

隣に立つ弟の変化に気付いて、彼女は愛《いと》おしげに微笑みを返す。

そんな二人の姿を見れば、この結婚が想《おも》い合っての結果だということは一目瞭然《いちもくりょうぜん》だった。

——羨ましい。

素直にそう思って、目を細めた。

「はあ、とりあえずおめでとうロワール」

俺たち兄弟の中でも特に可能性の低かった弟が良縁に恵まれたのは喜ばしいことだ。

弟の強すぎる魔術師としての性も好意的に受け止めてくれている相手ならば、これから先も心配いらないだろう。

魔術師が結婚相手として嫌厭される理由の大半は、その魔力量に比例するようにして『嫉妬深く執念深く執拗《しつよう》に相手を求める』というその性に起因する。

相手に執着したり嫉妬心を見せることは恥ずべき行為だと指摘される我が国では、彼女のような捉え方をする者はなかなか見つからないだろう。

——俺も、かの国ならば自分を受け入れられる相手と出会えるだろうか。

部屋を去っていく二人の姿を見送りながら、そんな期待をひっそりと胸の奥に抱いた。


ロワールの結婚は、宮廷魔術師団の中に瞬く間に広がった。

我が国随一の魔力量を誇るロワールが結婚できただなんて誰もが半信半疑だったし、初めは疑っていた者も多かったようだが、実際に妻となった女性を連れて歩く弟の姿を見て、真実であったことを認めたらしい。

追い打ちをかけるように、友好条約のもとにかの国に派遣されていた魔術師が結婚相手を見つけて連れ帰ったことで、魔術師塔はとある噂《うわさ》でもちきりになった。

『かの国ではほぼ全ての国民に魔力がなく魔力酔い自体起こりにくい状況であり、しかも魔術師に関しての知識もほとんどなく、女性に嫌厭されることもないらしい』

そんな話がまことしやかに囁《ささや》かれ、魔術師塔に勤める魔術師——特に魔力過多の魔術師達は、かの国にある種の希望のようなものを抱き始めていた。

そして、俺もその例外ではない。

「……いつまでいる気だ」

「お前が首を縦に振るまで」

副師団長の肩書を持つ弟のロワールが、げんなりとした様子でこちらを見上げる。

ここ数日、所属する研究室の書類の中からロワール宛《あて》のものを探し出しては、書類提出を口実に兄弟の会話の時間を持つことを日課にしていた。

「まだ勤務時間中だぞ。仕事はどうした」

「済ませてるっつーの。設定書通りの防壁を出してきたから今頃検分中だろうよ」

呆《あき》れ顔を取り繕うこともせず深い溜《た》め息をついたロワールは、疲れたように「そうか」と返事を口にすると書類に視線を落とした。

静かになった室内で、渡した書類に目を通している相手をぼんやりと眺める。

「なあ、お前の奥さ――」

「アメリアのことを口にするな」

間髪入れず飛んできた鋭い返答に思わず呆れてしまう。

「……話題に出すだけでもダメなのかよ」

相変わらずロワールは狭量で嫉妬深く、魔術師の典型のような男だ。

こういった魔術師の特性は周囲から疎まれることが多く、自分の嫉妬や執着については心の内で思っていても口には出さないのが一般的なのだが、ロワールはそういった性を隠すつもりはない様子だった。

「あー俺も結婚したいなー。誰かいい人紹介してくんねえかなー」

「兄貴達に言え。俺よりよっぽど人脈が――」

「あー誰か魔力酔いしづらくて魔術師って聞いても嫌厭されないらしい国の相手を紹介してくんねえかなー」

俺の独り言に、ロワールがわかりやすく顰《しか》めた顔を上げる。

「……しつこい」

「一回紹介してくれたら諦める」

にっと笑って返答すれば、弟は恨みがましい目をこちらに向けたものの、眉間に皺《しわ》を寄せて再び書類へと視線を落とした。

初めは全く相手にしなかったロワールも、ここ数日何度も同じように訪問しているせいか、すぐに帰れと宣言するようなことはしてこない。

連日同じやりとりを繰り返したことで、何度要求をかわしても時間の無駄ということに気付いたのだろう。

「一回でいいんだって。例の噂もどんどん魔術師塔に広がってるし、俺以外のやつもここに来てんじゃないか？」

俺の言葉にロワールはぴくりと反応を示す。

予想通り、俺以外にも直談判に来たやつはいたらしい。

「連続して魔力過多の魔術師が相手を連れ帰ってきたんだからそりゃ話題になるだろ。それに、魔力過多の代表みたいなお前と結婚できる相手が存在する国なんだから、そりゃ期待も膨らむよな」

ロワールと触れ合うことのできる女性が存在する国ならば、自分と触れ合える相手がいる可能性が高いと考えてもおかしくはない。

「俺に誰かを紹介すれば、お前だって楽になると思わないか？　たとえば俺が紹介された相手とうまくいかなかった場合は独り歩きしてる噂を抑制することができるし、うまくいった場合はかの国に対する窓口を増やせるしお前にとって良いことずくめだろ。なんだかんだ押しに弱いお前一人が窓口をするより、人のあしらいの得意な俺が手伝った方が効率が良いんじゃねぇか？」

思い当たる節があったらしく、前方からはうっと呻《うめ》くような声が聞こえた。

「間接的にでも、奥さんを他の魔術師と関わらせたくないんだろ？」

ダメ押しの一言で追い打ちをかければ、ロワールは書類に顔を埋めるような状態になっていた。

眼前の書類から顔を覗《のぞ》かせるようにしてチラリとこちらに視線を向けた弟は、疲れきった様子で盛大な溜め息をつく。

「はぁ……聞くだけ聞いてみる。一度だけだ。無理だって言われたら諦めろよ？」

「さすがロワール！　頼りになる弟だぜ」

感謝を込めてその肩を叩こうとすれば、あっさりと避《よ》けられその手は空を切る。

「一度だけだからな。ダメだったらそのときはすっぱり諦めろ」

「わかってるって！」

なんだかんだ面倒見のいい弟を揶揄《からか》おうと手を伸ばすものの、頭を撫《な》でようとした手もするりとかわされてしまった。

　この可愛げのなさは魔力酔いを起こさないために人との接触を避けてきた弊害じゃないかと思うが、毛を逆立てた猫のようにこちらを睨む弟を見て、これは逆に幼い頃から魔術師塔の男どもに散々構われてきた結果だろうなと悟った。

　魔力酔いが日常茶飯事な魔術師達の中には、人との距離感を感じさせない者も多くいる。

　眩暈《めまい》が起きようが吐き気に襲われようが、魔術師塔の中ではお互い様の自己責任だ。

　そういった考えの下、相手がロワールだからといって一線を引く者も少なかったのだろう。

　そう思うと身構える弟の姿もなんだか微笑ましくて、身を乗り出したこちらに反応して背中を反らした相手の額を軽く叩いた。

　驚きに目を瞬かせた弟の間抜けな顔がおかしくて、上機嫌で扉の方へと向かう。

「奥さんによろしくな！　いい報告楽しみにしてるぜ」

「なっ――おい！」

　ロワールの呼び声に背を向けて手を振ると、足取りも軽く研究室へと向かった。

　弟からお見合い相手候補がいると声をかけられたのは、それからしばらくしてのことだった。


「頼む！　この通りだ」

　食堂に呼び出した研究室の同僚二人を前にして、拝むように頭を下げる。

「あの、そう言われましても僕は出会いが縁談ではないですし、助言を求められてもお役に立てるかどうか……」

「俺は昔のことすぎて記憶が曖昧だなぁ」

「結婚できてるだけで立派だって！　既婚ってだけで人生の大先輩だ。頼む、そのコツを俺に教えてくれ！」

ロワールの奥さんの紹介で、かの国の女性とのお見合いが二週間後に決まった。

まずは紹介してもらうためにとお見合い結果はどっちでもいいようなことも口にしたが、せっかくの縁談なのだからうまくいくよう努力をしたい。

相手がかの国出身というなら尚更だ。

数十人が所属する障壁研究室の中で既婚の栄冠を持つ二人を休憩時間に呼び出し、助言をもらうために頭を下げていた。

「二人がどうやって相手の心を射止めたのか教えてほしい！」

俺の真剣さに二人は顔を見合わせる。

そしてそれぞれにうーんと記憶を辿《たど》るような仕草をし始めた。

「ええと、僕の奥さんはもともと幼い頃からの知り合いでして、将来魔術師になるかもという可能性がありながらも親交を続けてくれた感じです。それで、宮廷魔術師団に入って収入が安定したからすぐに求婚を……他の奴に取られたくなかったですし」

「昔から身近に触れ合える相手がいたってことか」

「あっはい。僕は幸運に恵まれたんだと思います」

照れたように頬を赤らめる六つ年下のガレスは、同じ魔力過多でありながら入団早々結婚を決めた有望株だ。

幼い頃に触れ合える相手と出会えるなんて、運命を感じるような話である。

「俺は知り合いの紹介だったけど、当時はめちゃくちゃ頑張ったことくらいしか思い出せねぇな」

「そういえばアーグルさんの息子さん来年入団って言ってましたよね。僕とそう年が変わらないんでしたっけ？」

「おっそうそう。仲良くしてやってくれよなガレス。多分うちの研究室にはこねぇけど、同世代の魔術師として相談に乗ってくれや」

伸び放題の髪を掻《か》きながら大きすぎる声でガハハと笑うアーグルは、研究室の上から数えた方が早いくらいの古株だ。

毎日のように彼が口にする家族自慢を聞く限り、その夫婦仲は現在も至極良好のようだ。

「この前も奥さんが入団前に配属研究室を見に来るとか言い出し――」

「おい、俺への助言はどこ行った」

話が横道に逸《そ》れそうになったので声を挟めば、二人はきょとんとした後、思い出したように「ああ」と声を上げた。

「大体ダリアールは王族だろ？　そのへんの特権階級っぽいところを前面に押せばいいんじゃねぇか？」

机に頬杖《ほおづえ》をついたアーグルは、めんどくさそうに頭を掻く。

「王族ったって親の職業がそうだっただけで国を継ぐのは兄貴だし……」

「ああ、でもアーグルさんの言いたいことわかります。女性って好きですよね、王子様とか高貴な身分とか。ダリアールさんって身分的にはそのまんま王子様じゃないですか。それ使わない手はないですよ」

アーグルの揶揄い文句かと思ったが、ガレスまで押してくるということは案外重要なことなんだろうか。

「俺、今まで受けた縁談で『王族らしくない』とか『品位に欠ける』って言われて何回か断られてんだが……」

「あーなんとなくわかります」

「お前口悪いもんなぁ」

「アーグルさんにだけは言われたくねぇよ」

そもそも宮廷魔術師団に入団して障壁研究室に配属されてから、今までにも増して口調が荒くなった気もする。

どう考えても当時の室長でもあった彼の影響は否めない。

「じゃあ逆に『王族らしく』『品位ある』風に振る舞えばいいんじゃないですか？　ほら、ダリアールさんは一応王子様なんですから」

「『一応』ってなんだ『一応』って」

爽やかな笑顔を浮かべたガレスに、暴言を吐かれている気がしなくもない。

「確かに女性なら一度は絵本に出てくるみたいな王子様との恋を夢見るよなぁ。ダリアールが王子様っぽく振る舞ったら、案外うまくいくんじゃねぇか？」

「王子様っぽく、ねぇ……」

「フィオールは割とそんな感じじゃねぇか？　同じ魔術師でも品のいい感じするしな」

「わかります。フィオールさんってなんだか敬いたくなるような品格ありますよね」

同じ王族であり魔術師でもある次兄は、俺やロワールとは違い、常に冷静で淡々とした理知的な性格だ。

長兄が立太子する前は、王太子としての教育を一通り受けていたらしいから、それなりの身のこなしをしているとも思う。

「なんで同じ兄弟なのにこんなに違うんだろうな……」

言葉と共に、溜め息が漏れる。

年の差がありすぎて今まで気にしたこともなかったが、改めて考えてみると王族らしく厳しい教育を受けたのは長兄次兄と姉の三人くらいで、上の双子の兄達からは周囲から見ても個性重視な育ち方をしていると思う。

実際自分も魔術師となる将来が確定していたからか、王族としての礼節を厳しく指導されたことはほとんどなかった。

「それなら教えてもらえばいいんですよ！　ダリアールさんだったら王太子殿下とも身近にお話しで

きるじゃないですか。貴族の振る舞いとかを身につければ、ダリアールさんだって女性の憧れる王子様そのものになれるんですから」

「ガレス、それ現状ダリアールが王子っぽくないって言ってるよな？」

アーグルの言葉にガレスがあっと口を塞ぐが、確かに現状自分が王子っぽくないことは自覚している。

それよりも、王族らしく振る舞えば『女性の憧れる王子様』になれるというガレスの言葉が強く印象に残った。

「……俺がフィオールみたいな態度とったら気持ち悪くないか？」

「そんなことねぇだろ。お前もロワールも顔は男前なんだから、貴族の優男みたいに振る舞ったっておかしくねぇよ」

「そうですよ。高貴な男性を嫌がる女性を僕は見たことがありません！」

自信を持てと肩を叩いてくれるアーグルに、絶対喜ばれますと背中を押してくれるガレス。

力強い二人の言葉に、徐々に心が決まってくる。

「……よし、貴族の優男みたいな高貴な振る舞いだな」

縁談を成功させるためなら、たとえ付け焼刃でも『女性の憧れる王子様』とやらになってやろうじゃないか。

「あーあとプレゼント忘れるなよ。求愛には贈り物が重要だ」

「いいですね。愛を乞うのなら薔薇《ばら》の花束が理想的だと思います。以前奥さんに贈ったときは、情熱的だと喜んでもらえました」

二人の助言を得て、薔薇の花束も忘れず用意することにする。

「助言助かった！」

言葉と共に立ち上がった俺は、二人の激励の拍手と声援を背中に受けながら食堂を後にした。

近いうちに長兄に時間を作ってもらえるか相談してみよう。

衣装や装飾品の相談をするのなら、王太子妃になっている義姉が向いているかもしれない。

見合いの日までの準備期間は二週間と十分にあるわけではないが、付け焼刃でもいいから相手の理想の王子様として振る舞えるようにしなければ。

今までは縁談における自分の肩書なんて正直負担にしか考えていなかったが、逆にそれを利用してしまうだなんて目から鱗《うろこ》だった。

そのときの俺は、未来への道筋が開けた気がして、足に羽が生えたような心境だった。


二週間の準備期間はあっという間に過ぎ去り、気がつけば当日を迎えていた。

一点の曇りもない晴天に恵まれたその日、緊張しながら何度も姿見で自分の姿を確認する。

お見合いの開催場所はロワールの邸《やしき》だ。

同郷の女性がいた方が心強いだろうとのことで弟の奥さんも同席するらしい。

お見合いの日程が決まり、ガレスとアーグルに助言をもらったあの日から着実に準備を進めてきた。

王太子となっている長兄から貴公子らしい仕草や口調を教えてもらったし、一張羅の礼服を引っ張り出して王太子妃となっている義姉に見繕ってもらった王族っぽく見える装飾品の全てを余すところなく身に着けていた。

既婚の同僚二人に勧められた薔薇の花束も、もちろん持参している。

——完璧だ。

薔薇の本数は相手の年齢に合わせた方がいいとも言われたが、事前に確認ができなかったので、とにかく詰め込めるだけ詰め込んでもらった。

ずっしりとした花束を持つと、中庭で待つ。

第一声を間違えないようにと頭の中で復習していると、遠くから足音が聞こえ、使用人が待ち人の到着を告げた。

相手がいるだろう方向を振り返り、そこに立つ女性を見つける。

短く切り揃《そろ》えられた髪に、眼鏡をかけた大人しそうな女性。

それが相手に対する第一印象だった。

一瞬ぼんやりと相手を眺めてしまったが、本日の目的は王族らしく振る舞って彼女に気に入ってもらうことだ。

彼女のもとに馳《は》せ参じると、膝を折って花束を差し出す。

「初めまして、私はダレン・レントワール。気軽にダリアールとお呼びください」

「エルザ・バネッサでございます。レントワール王家の方にお目にかかれて光栄です」

相手の女性は、聞き取りやすいはっきりとした口調で挨拶を述べると丁寧な礼をとった。

大人しそうだと感じた彼女の振る舞いは堂々としたもので、落ち着きのある凛《りん》とした佇《たたず》まいに、紺色のワンピースが妙にしっくりと似合っていた。

深翠《しんすい》の双眸に真っ直《す》ぐ見つめられると、心の内を見透かされているようでなんだか落ち着かない。

ただ、彼女の挨拶や礼の仕方は貴族のように整っているのに、表情だけはぴくりとも変化しないのは少し意外だった。

相手の好感を得たいならば、まず取り繕うのは表情だ。

今までのお見合い相手は、顔を合わせた瞬間にまず皆揃って愛想笑いを浮かべてきた。

目の前にいる彼女はなぜ表情を変えることなく、ただただこちらを観察するように見つめているのだろうと考え、一つの結論に行きつく。

——俺に、好かれようとしていないからか。

そんな事実に気付いて少なからずショックを受ける。

会話を交わし、自分に魔力酔いしないことを確認してからも心は沈んだままだった。

それでも手に触れてもいいかと問えば、彼女はなんの疑問も抱かない様子で自らの手を重ねてくれるし、距離をとろうとする様子もない。

それは魔術師という存在を嫌悪していないことを証明する行動だった。

やはりかの国の女性は魔術師という存在に抵抗がないらしい。

その事実に気付いてしまうと、自分に興味がないからといって早々に彼女を諦めるのはもったいない気がした。

　魔術師に偏見のない女性を得られる機会なんて、もう二度とないかもしれない。

　たとえ今の俺に興味がないとしても、このお見合いで『理想の王子様』のように振る舞えば彼女の気持ちも変わるかもしれないじゃないか。

　そんな期待を胸に、この二週間の成果を存分に披露しながら、彼女の手を引いて東屋にエスコートした。

『さりげなく話題を振り、相手の話を聞きながらとにかく褒める』

　それが王太子である長兄から教わった女性と親しくなれる方法であり、社交界で会話を円滑にやりとりするための必須の気配りなのだ。

　付け焼刃ではあったが、途中までは練習通りうまくいっていた。

　しかし、想定外の事件が起こった。

「……あの、これはダリアール様が書いてくださったものでしょうか？」

　彼女が机の上に置いたものを見て、すぐにはそれが何か気付けなかった。

　シンプルな四角いカードに、自分の文字が綴《つづ》られている。

『貴女《あなた》に会えるのを楽しみにしている』

　その文字を目で追った瞬間に、それが何かを思い出した。

　お見合い相手候補がいると話を振られたその日、なぜかカードを差し出してきたロワールからメッセージを書くように言われた。

なんでもかの国には、会う前に相手にメッセージカードを贈る習慣があるらしい。

相手に渡すものと知ってなるべく丁寧に読みやすいように書いたつもりだが、今見てみれば、どれだけ前向きに捉えても美しいとは形容しがたい下手くそな自分の字が堂々と並んでいる。

――まずい、バレる。

見た目や振る舞いを取り繕ったとしても、この字を書いたのが俺だと知れば、また今までと同じように王族らしくないと思われるに違いない。

せっかくうまくやれていたのにと、思わず背中に冷たいものが伝った。

「あの、これは持ってきてはいけないものでしたか？」

「……あっいえ！　だ、大丈夫です！」

なんと言い訳するべきかを考えていると、予想外の質問が飛んできた。

「このカードを書かれたのはダリアール様ではなかったのですね」

「え？」

間抜けにもぽかんと口を開けた自分を見て、なぜか彼女は落胆したように視線を落とすと、メッセージカードの文字を指先で撫でる。

「もしこのカードを書かれたのがダリアール様でないのならば、正直に教えていただきたいです」

「それは、どうして……」

戸惑いながら返事をすれば、なんだか彼女の表情は先程よりも沈んだもののように見えた。

「興味を持ったからです。私はこの丁寧に書かれたメッセージカードの文字に惹《ひ》かれて、この場に来ることを決意しました。インクが滲《にじ》むほどにしっかりと『会いたい』と書かれた文字に、心がこもっているのではないかと勝手に期待したからです。ですから、このメッセージを書かれたのがダリアール様でないというのでしたら――」

「お――私です！　私が書きました！　なんなら今からここで同じものを書きます！」

控えていた使用人に紙とペンを持ってこさせようとすると、慌てたように彼女に引き止められた。

未《いま》だに頭の中が混乱している。

この下手くそな字で書かれたメッセージカードを喜んでくれて、この文字を書いた俺に会いたくてここに来たという彼女の言葉は、どう解釈したらいいのだろうか。

「私の筆跡かどうかをお疑いのようですから、今ここで証明します！」

使用人に頼めないのならば、手持ちに何かなかったかと服のあらゆる箇所を探ってみるが、ペンらしきものは見つからない。

「驚かせてしまったのでしたら申し訳ございません。疑っていたという点は否定できませんが、その……ダリアール様のご様子を拝見して、この文字の主だということが少し意外に感じたと申しますか――」

「悪筆だと正直に言っていただいて構いません」

今まで全く変化のなかった彼女の表情に、少しだけ戸惑いの色が見えたように感じた。

「お――私は昔から字を書くのが得意でなくて、貴女がその、お――私の文字を気に入ってくださっていたとは思いもよらず……取り乱してしまってすみませんでした」

どんな理由であれ、文字だけでも気に入ってもらえたのは素直に嬉しい。

思わず笑顔を取り繕うことも忘れ、顔を俯《うつむ》けて膝の上で握る両こぶしを見つめる。

——これはもしや、もしかして、もしかするんだろうか!?

うるさく鳴り続ける心臓の音と内心で暴れる動揺を抑えつけながら、ひとまず冷静になろうと大きく息を吸い込む。

たとえ歪《いびつ》な文字を気に入ってもらえようが、女性が好むのは優美で余裕のある貴公子然とした男性だ。

彼女に気に入られたいのならば、更に気合を入れて気障《きざ》で軟派な優男を演じなくてはならない。

そうは思いながらも、ついつい心の中で先程の彼女の言葉を復唱しては顔が緩みそうになる。

そんな自分の胸の内がバレないように少しだけ不安に感じながらも、表情を取り繕いつつ、ゆっくりと彼女の方に視線を向けた。

「あのメッセージカードを書いたのは、確かに私です。その、喜んでいただけたのであれば嬉しいです」

目を細めて口端をうっすらと上げる、これで練習した通りの貴公子の笑顔になったはずだ。

今日一日澄ました様子だった彼女も、「私」に興味を持てば笑顔やその他の表情を見せてくれるかもしれなかった。

「ダリアール、お前何がしたいんだ」

お見合いが終わり長椅子の上で休ませてもらっていたところ、早々に戻ってきた弟が訝《いぶか》しげな表情を浮かべて話しかけてきた。

「何って結婚したいに決まってるだろ」

なんの気なしに答えれば、眉間に皺を寄せたロワールはじっとこちらを見据えた。

お見合いがお開きになったあたりからずっと何かを言いたげではあったが、あれほどまでにべったりと側を離れなかった奥さんと別行動をしてまで話しかけてきたのだから、どうしても言いたいことがあるのだろう。

「その衣装やら口調やら、普段のお前と似ても似つかないが」

「普段通りにしてたら纏《まと》まるものも纏まらないだろ!?」

俺の言葉が室内に響き、空気がぴりっと張り詰める。

こっちだって好きこのんでやっているわけではない。

今日の衣装や行動だって、縁談相手の気持ちを得るためにと考えて選んだ結果だ。

それをとやかく言われる筋合いはないと睨みつけると、ロワールはこちらに気圧《けお》されたように一歩下がって溜め息をついた。

「自覚があるのはいいが、自分を偽った相手と結ばれても今後辛《つら》くなるだけじゃないか？」

確かに弟の言う通りだ。

たとえ今回の自分の努力が実って縁談がうまくいったとしても、これからずっと自分を偽り続けるのは難しいだろう。

いつか本当の自分がバレて相手に愛想を尽かされるのではないかと怯《おび》えながら生きていくのは、想像するだけでもなかなか息苦しそうに思えた。

「お前はいいよな、全てを受け入れてもらえる相手が見つかったんだから」

「何が言いたい」

ロワールは怪訝《けげん》な表情でこちらを窺《うかが》う。

きっと奥さんのことに触れる話題だから警戒したのだろう。

本当に魔術師という性は厄介だ。

「俺だって触れ合える相手と結婚したい。魔力量が多くても王族だからといくつか縁談をもらったが、結局触れるだけで魔力酔いされたり性格が合わないと向こうから断られたりするばかりだ。俺に求められるのは王族であるということだけなんだから、それをアピールするしかないだろ！」

心の底に溜まっていた鬱憤を吐き出すように、つい言葉が荒くなる。

自分だって幸せになりたい。

結婚は絶望的だと思われていた弟が相手を見つけられた国でならば、自分にだって結婚相手を見つけられる可能性があるんじゃないか。

そんな希望に縋《すが》りたかった。

「だからといって――」

言葉を切ったロワールは、何かに気付いたように後ろを振り返ると扉の方に向かった。

扉を開いた先には、いつからそこにいたのか弟の奥さんが立っている。

「気を使わせてごめん。入って、廊下は冷えるから」

「こちらこそ立ち聞きのような真似《まね》を失礼いたしました。お話し中お邪魔いたします」

ロワールに誘導されるようにして部屋に入ってきた彼女は、手を引いてくれた弟にお礼を伝え、その姿を見て弟は嬉しそうに顔を綻ばせる。

そんな様子を目の前にすれば、二人の関係が順調なことは一目瞭然だ。

一体どうすればこんなふうに親しくなれるのだろうか。

そういえば魔術師塔で初めて会ったとき、彼女は自分からロワールを口説いたと言っていた。

「なあ、アンタはどうやってロワールを口説いたんだ？」

声をかければ、弟と手を繋《つな》いだままの彼女は驚きながら目を瞬かせると、何かを思い出すかのようにその視線を彷徨わせた。

「私は恋愛知識に疎かったものですから、恋愛に関する書籍を片っ端から読み漁《あさ》りましたわ。恋愛実用書には心を近づけるための手順が詳細に書かれておりましたし、恋愛小説は恋をしている心理が細やかに描かれておりましたので勉強になりました」

なるほど、元が恋愛知識に疎くても詰め込めばなんとかなるらしい。

「うっ本か。例えばお互いの心を近づけるためには、何をしたらいいんだ？」

「まずは共通点を見つけることです。なんでもいいのですが、共通の話題があれば話も盛り上がるでしょう？　そういえばエルザ様は読書がお好きとのことですから、いくつか女性が好みそうな我が国の本をお持ちしましょうか」

確かに今日話した中で、彼女の趣味は読書と聞いていた。

同じ本の感想を言い合えば、話が盛り上がるかもしれない。

「それは助かる！　それを読んで明日の話題にしよう。それに、物語が好きなら観劇も好きかもしれないな。明日は劇場に出かけてみるのもいいかもしれない」

「いいですね。それでは本を取ってまいりますので、一旦失礼いたします」

そう言うと一礼をした彼女は、部屋に入ってきて間もないにもかかわらず別室に向かってしまった。

普段あまり本を読む習慣はないが、一冊くらいなら今夜中にでも読み終えられるだろう。

明日にはその本の話題で移動時間の会話が弾むかもしれない。

今日一日ほとんど表情に変化のなかった彼女も、楽しい会話の中で笑顔を見せてくれるかもしれないと考えると思わず頬が緩んだ。

「……アメリアとの会話を盛り上げるな。俺の妻だぞ」

その声に視線を向ければ、眉根を寄せて露骨に嫌な顔をしている弟がこちらを睨んでいた。

地を這《は》うような低い声に、恐らく見当違いな嫉妬をしているのだろうと呆れてしまうが、そんな弟の思考こそレントワールの魔術師の特性そのものでもある。

嫉妬深く、執念深く、執拗に相手を求める。

我が国で魔術師の三大悪癖とまで言われているこの特徴を、弟はまさに体現していた。

国一番の魔力量を抱えて生きていれば、その模範のような思考回路になってしまうのだろうかと、ついつい溜め息をこぼしてしまう。

「はぁ、ほんとなんでこんな魔術師の典型が結婚できるのに俺はできないんだよ。俺の方が絶対に自由にさせてあげられるのに」

この国で魔術師が恋愛対象として疎まれる理由は、その執着心や嫉妬深い性格が大きい。

女性を『自由にさせてあげられる』ことは、この国において理想の男性の条件だ。

「……そんなこと言えるのはダリアールが本気で人を好きになったことがないからだろ」

ロワールの言葉に、ふと顔を上げた。

俺の視線を受け止めたロワールは目を逸らすでもなく、どこか苦しそうに目を細める。

「好きだと自覚したら終わりだ。相手の全てが知りたくなるし、常に相手の愛情に飢えた状態になる。結婚したいって言うなら、それを覚悟した上で相手を考えろ」

静かな室内に低い声が響く。

こちらに釘《くぎ》を刺しながらも、その言葉は自分の妻に対する愛情と欲望との間で葛藤しながら苦しんでいるようにも思えた。

何か声をかけようと思うも言葉にならず、何度か言葉を呑《の》み込む。

同じ魔術師として下手な慰めはできない。

「……お前は覚悟できたわけ？」

魔術師の中でも抜きんでた魔力量を保有する弟は、その特性から感情の揺れが誰よりも激しいはずだった。

「たとえアメリアに嫌われて離れたいと言われても、もう二度と手放してやれない。逃げ出そうとするなら閉じ込めるし、逃げる手段も全て断つだろう。それだけ俺はアメリアに執着してるし、彼女のいない人生は考えられない」

それはあまりに魔術師らしい、我が国では『重すぎる』と忌避される考え方だ。

だがそんな考えを堂々と口にする、そんな弟が少しだけ羨ましく感じた。

「さすが我が国一の魔力量を誇るだけあるな。どうりで最近お前の魔力がやたら溢《あふ》れてるわけだ。早いとこ動力源に魔力流し込んどけ。生来の容量が大きいとはいえ多すぎる魔力は身体《からだ》に毒だぞ」

俺の言葉に、ロワールは驚いたような表情を浮かべる。

「ダリアールに身体の心配をされるとは思ってもみなかった」

「おい、俺はお前の兄貴だぞ。弟の心配をして何が悪い」

「その弟に毎日毎日縁談を用意しろって押しかけてきたのは、どこの馬鹿兄貴だよ」

互いに忍び笑いが漏れる。

ちょうどその笑いに紛れるかのように、恐らく本を持って帰ってきたのだろうノックが室内に響いたのだった。


二日目の朝も、少々の不安を抱えた俺の心情とは関係なく気持ちのいい空が広がっていた。

「おはようございます。本日も良い天気ですね」

俺の挨拶に、昨日に引き続き相手は表情を変えることなく丁寧な挨拶と礼を返してくれた。

昨夜ロワールに言われたことが引っかかり、今日は外出予定ということもあって普段着に近い格好にしてみたのだが、彼女が落胆するような様子がなかったことでほっと胸を撫で下ろす。

格好だけであれば、貴族の真似事をしなくても問題なさそうだ。

馬車に揺られながら目的地へ向かう間、彼女は興味深そうに窓の外を眺めていた。

「そういえば昨日、そちらの国で人気だという『騎士の純愛』を読んだのです！」

少しでも反応を得られればと思って口にした話題だった。

昨日借りて読んだ『騎士の純愛』はなかなかの分厚い本で、読み終わるのに明け方までかかってしまったが、今日の話題になるのならばとなんとか最後まで読み終えた。

共通の話題になるかと思って口にしたのだが、彼女の反応は予想以上だった。

俺の言葉に勢いよく振り向いたかと思うと、驚いたように目を瞬かせて何かを言いたそうに口をぱくぱくと動かしている。

読書が趣味だと聞いていたし、知っている本だったから感想を言い合いたいのかもしれない。

「騎士が一途《いちず》に相手を追い求めるところは共感できました！　あっいえ、私はそんなしつこく追い求めたりはしませんよ。貴女が距離を置きたいと言うのであれば、例えば邸に貴女個人の部屋を作って一人の時間を差し上げたいと思います」

感想を口にする間、どんどんと彼女の興味がこちらに集中しているのがわかる。

「騎士が褒賞として相手を望むシーンは非常にロマンティックだと思いました！　ただ、許しを得てすぐに事に及ぼうとした辺りは少々性急すぎたかと思います。やはり順序を守り段階を経ていくことは必要でしょう」

俺の感想に聞き入っているのか、途中心なしか彼女の口元が緩んだ気さえした。

「あの性交渉のシーンもしつこすぎましたね！　初めてなのに何度もイかされるのも女性にとって負担でしょうし、俺――ンンッ！　私ならしっかり解すつもりではありますが貴女に無理はさせません」

勢いのまま飛び出てしまった一人称を咄嗟《とっさ》に咳払《せきばら》いで誤魔化したつもりだが、うまくいっただろうかとちらりと相手を窺う。

「ッ……お気遣いありがとうございます」

返事をくれた彼女の方に視線を向けると、思わず固まってしまった。

昨日まで表情に全く変化のなかった彼女は、なぜか口元を手で隠すようにして小さく笑っていた。

今まで縁談で何人もの相手と会話をしてきたが、大体の女性は俺の話す内容や口調に徐々に表情を曇らせていくばかりだった。

さっきの会話だって多少口調は丁寧にしていたとしても、話した内容は自分自身の素直な感情だったし何も取り繕った部分はない。

――彼女は俺の話を喜んでくれているのか。

そう思うと、じんわり温かいものが胸の奥に広がる。

もしかしたら、彼女は素のままの自分でも受け入れてくれるのではないだろうか。

そんな期待が浮かんできて、思わず心が躍った。

その後観《み》に行った映像劇は彼女の出身国にはないものだったらしく、映像を興味深そうにしげしげと見入っていた。

俺はといえば、隣に座る彼女を横目に見ながら、どうすれば俺を気に入ってもらえるのか、どうやったら素の自分も知ってもらえるのかと、そんなことばかりを考えていた。


三日目の朝、弟の邸に着くとなぜかロワール本人がエントランスで待ち構えていた。

昨日一昨日《おととい》と朝は二人であちらに迎えに行っていたのに、今日は奥さんだけ先に行ってもらっているらしい。

「ダリアール、本当にいいのか？」

「何が？」

突然の問いの意味がわからず、そのまま聞き返す。

「お見合いは今日で最後だろ。最後まであの演技を続けるつもりか？」

一昨日の会話が思い出されて、ついむっとしてしまう。

お見合いの成立を目指すなら、ここで振る舞いを変えることなどできない。

ただ弟が本気で自分のことを心配していることもわかっているし、言い分も正しいからこそ言い返すこともできない。

何も言い返さないこちらを見て、弟は視線を外しながら小さく呟いた。

「お前ならこの国でだってまだ縁談相手を見つけられるだろ。無理して自分を偽る必要ないんじゃないか？」

――他の縁談を見つける？

ロワールの言葉に思わず目を見開いた。

確かにその選択肢が全くないわけではない。

しかし、俺の書いた下手くそな文字を喜んでくれる女性が他にいるだろうか。

王族相手に媚《こ》びずに真っ直ぐな視線を向けてくれる女性が、彼女以外に現れるだろうか。

他の縁談と考えたときに、彼女の姿がちらついてしまっていることで、既に自分の中で結論が出ていることに気付く。

「……なんでそんなことお前に決めらんなきゃなんねぇんだ」

顔を上げれば、驚いたような表情のロワールと視線がぶつかった。

「俺は他の縁談じゃなくて、この縁談を成立させたいから努力してんだ」

言葉にして初めてその感情をはっきりと自覚する。

俺は、彼女――エルザ・バネッサに好かれたいから、このアホらしい貴公子ごっこも必死になってやっていたのだ。

「相手に気に入られたくて必死なんだよ」

彼女の気を惹きたくて、馬鹿みたいな努力をやめられない。

そんな単純な事実を、弟に気付かされるとは思っていなかった。

向かい合うロワールを真っ直ぐ見据えた。

「俺だって誰でもいいわけじゃないし、自分の好みじゃなきゃこんな必死になったりしねぇよ！　あの白い肌に触って能面のような面《つら》を崩してみたいし、ぐちゃぐちゃになるまで犯して俺じゃなきゃダメだって言わせ――は？　えっ……」

正直何が起こったかわからなかった。

向かいに立つロワールに自分の気持ちをぶつけていたはずが、話しているうちに周囲の景色が一変していた。

弟が移動の魔術を使ったことはわかる。

ロワールは特性として、いつでもどこでもなんの用意もなく移動することが可能だし、その魔力量と相まって移動できる距離も規格外だ。

一体どこに転移したのかと思い視線を動かせば、その薄紫色の両目を驚きに見開いている弟の奥さんが視界に映った。

嫌な予感に一気に背筋が凍りつく。

弟の奥さんは、先程一人で彼女を迎えに行っていたはずだった。

長椅子の前には木製の長机があり、その上には向かい合うように一対のお茶の用意が準備されている。

――まさか。

見たくないと思いながらも確かめずにはいられなかった。

恐る恐る首を回して、弟の妻の向かいに座る人物を確かめる。

「ダリアールと話してる途中にアメリア達の会話が聞こえてきて、お互いすれ違ってるようだったから転移させたら……悪い、タイミング間違えた」

どこからかロワールの声が聞こえてくる。

転移するときは一声かけろと前に言ったこともあるのにいい加減にしろと怒りがこみ上げるも、今この場で口にすることはできなかった。

——俺は今、何を口走った……？

相手がロワールだと思い、明らかに女性に対して口にしてはいけない単語を発してしまった。

なんならこの二日必死で隠してきた自分の荒い口調まで、そのまま露呈してしまった。

どうかそこにいないでくれという必死な願いも、黒髪の女性が視界に入ってきたことによって無残に打ち砕かれる。

転移——は無理だ。自邸からの移動で魔術符を消費した。

認識阻害ローブ、は今使ったってそこにいることはバレている。

何か、何か言い繕わないと——言い訳をしないと、色々終わってしまう。

気が動転して頭の中が真っ白になっていると、なぜか彼女が席を立ちこちらに向かってツカツカと歩み寄ってきた。

心の整理もつかないまま、目の前に立つ彼女に真っ直ぐ見上げられてなんの言葉も出てこない。

「あ、その……」

「能面のような面で申し訳ございません」

俺の言葉に被《かぶ》せるように、彼女は深く頭を下げた。

淡々とした口調が彼女の怒りを表しているかのようで、まるで冷や水を浴びせられた心地になる。

数日顔を合わせただけのただのお見合い相手に、いやらしい目で見られていた上に邪《よこしま》な妄想をされていたことを知れば、どんな女性でも怒り狂うだろう。

顔を上げて真っ直ぐこちらに向けられる彼女の視線が、心なしか軽蔑の意味を含んでいる気がしてただただ居たたまれなかった。

「ダリアール様が私に触れたいと思ってくださり光栄です」

「あっいや、その、今のは言葉の綾で」

「なんでしたっけ？　『ぐちゃぐちゃになるまで犯して俺じゃな』」

「わわわ悪かった！　俺は、その、アンタに気に入られたくて色々取り繕ってただけで……悪い、本当は口も悪いし兄貴達みたいに王族らしい感じじゃないから」

なんとか誤魔化せないかと試みたが、やはり彼女の耳にはしっかりと聞こえてしまっていた。

お茶を濁すようなことも許されないような状況で、もう言い逃れのしようもない。

――終わった。

兄貴に頼んで礼儀作法を教えてもらったり、既婚の同僚に女性に好かれるための助言をもらったり、このお見合いに向けた努力が、自分の不用意な一言のせいで全て崩れ去ってしまった。

こんなことなら、初めから素の自分で会っていればよかった。

先程自分の気持ちを自覚したばかりなのに、どうしてこう気付いた瞬間に失ってしまうのか。

「……はぁ」

はっきりと聞こえてきた溜め息に、意識を引き戻される。

その溜め息の主である女性は、いつもの無表情ながら僅かに苛立《いらだ》っているようにも感じた。

「ダリアール様は、私が相手が王族だからこの見合いを受けたのだと思っていたのですか？」

当然の事実を再確認するような問いに、思わず首を傾《かし》げてしまう。

「ち、違うのか？　だって俺、口も悪いし魔術師だしおまけに魔力量多い方だから、女からしたら俺と結婚するメリットなんて血筋以外ないんだと」

「それはダリアール様の思い込みではありませんか？」

「えっでも――」

続きの言葉は告げられなかった。

彼女がその指で、俺の唇を押さえたからだ。

なんの躊躇《ちゅうちょ》もなく魔力過多の魔術師の肌に触れるなんて、他国出身であるからこそできる芸当であって、あまりにも不用意すぎる。

本来ならそっとその指を離すべきなのに、彼女の行為を、唇に触れられたことを嬉しく思ってしまっている自分に混乱した。

「少なくとも私にとって、先程の言葉は嬉しかったです」

その言葉が、身体の中の柔らかい部分を締めつけてくる。

混乱した思考の中で呆然《ぼうぜん》と彼女を見つめていると、この三日間ほとんど表情を変えなかった彼女が初めて柔らかく微笑んだ。

「歯の浮くような台詞《せりふ》と芝居がかった仕草で取り繕った貴方《あなた》よりも、今の貴方の方が余程魅力的です」

その言葉が聞こえた瞬間、頭の中は真っ白になった。

「は？　いや、そんな馬鹿な……」

今の自分を――偽りない正直な自分を魅力的だと語ってくれる、そんな都合のいい話があるだろうか。

今まで散々口の悪さや所作の荒さを欠点として挙げられてきた。

王族らしくないことや品位に欠けるといった理由で縁談を断られたことも少なくない。

信じたいが信じられない、そんな矛盾した考えがぐるぐるの頭の中で渦巻いていた。

「私の趣味が変わっているのかもしれませんね」

それはほんの少し苦笑まじりの声音だった。

「幼い頃から弟達を躾《しつ》けてまいりましたので、やんちゃ坊主の相手は得意なのです。どんなに口が悪かろうが、真っ直ぐな気持ちをぶつけてくださる方が好きですわ」

彼女の言葉が、身体の奥へとじわりと広がっていく。

悪戯《いたずら》っぽい光を帯びたその翠《みどり》の瞳に見つめられると、先程とは別の逃げ出したいようなくすぐったいような焦燥感に見舞われた。

顔が熱くて仕方がない。

顔だけではなく頭の先から爪先まで、気がついたら身体のありとあらゆる場所から発熱しているようにかっかと全身が火照っていた。

——しまった。もう逃げられない。

自覚したばかりの気持ちを、きっちりと固められてしまった。

それならばもう覚悟をするしかない。

相手が欲しいと思ったのならば、得られる努力をするまでだ。


「……進展しない」

魔術師塔の食堂で、俺は頭を抱えたまま呟いた。

「はぁ？　なにがだ？」

「まあまあ、ダリアールさんも悩めるお年頃なんですよ。助言のお礼、遠慮なくいただきますね。アーグルさんも冷めないうちに、ほらどうぞ」

ガレスはそう言いながらアーグルにフォークを持たせつつ、目の前に用意された料理に手をつけた。

お見合い前から、助言のお礼に好きなものを奢《おご》ると約束していたので、ガレスとアーグルの前にはこれでもかというほどに食堂自慢の料理が積み上げられている。

「それにしても縁談がうまくいって良かったです」

「俺たちの助言が役に立ったってことだよなぁ？」

「……まあ、助かった。なんか最終的に『魅力的』だとか『好き』とか言ってもらえたしな」

あのときの彼女の言葉を思い出して、つい口元がにやけてしまう。

実際にはお見合いに向けて取り繕っていたことを最終日に全て洗いざらい話してしまったが、それは己の矜持《きょうじ》を守るためにも黙っておこう。

「ダリアールさんのお相手ってかの国の女性だったんですね。教えてもらってびっくりしました。毎週通うの大変じゃないですか？　早く連れ帰って閉じ込めちゃえばいいのに」

無邪気な顔をして物騒なことを言う辺り、ガレスも間違いなく魔力過多の魔術師であることを実感する。

「あーかの国って海の向こうだったか。転移するにしても結構な距離だよなぁ。あ、でも国外転移なら『婚前準備』で申請してんだろ？」

食事を口に運びながら呟くアーグルは、肘をついたままニヤニヤと揶揄いまじりの視線を向けてきた。

例のお見合いを終えてから、俺は休日ごとに彼女に会いにかの国に通っている。

国同士の距離は遠いものの、かの国にある常駐魔術師の魔術陣があるため行き来は容易だし、結ばれた友好条約によって王族の出入国について先方に対する手続きは不要だ。

しかし公用の魔術陣を利用する場合、自国であるレントワールへは申請する義務があった。

国外転移の理由として認められるのは大きく政治・婚姻・勤労の三つで、婚姻に関する理由は『婚前準備』か『姻戚交流』となる。

半分浮かれたような気持ちで『婚姻準備』の理由を使っていたことをアーグルに見透かされ、思わず恨めしげに睨みつけてしまった。

「でも毎週かの国まで転移してて魔力もちます？　魔力過多の僕でも、あの距離飛んだら片道で魔力空っぽになりそうです」

「まあ俺でも当日往復するとだいぶ持ってかれるな。でも少し休めば回復するし、飛ぼうと思えばぎりぎり二往復――」

「おいおいやめとけ、あんな距離ホイホイ飛べてたまるかってんだ。そんなことできんのはロワール一人だけで十分だっつーの」

「あー確かに副師団長は平気そうですね。なんなら魔力消費できて体が軽いとか言ってそう」

「おい、想像できるからやめろ」

ロワールの魔力量は良くも悪くも有名で、その魔力量を測定しようとするのは海の水を測ろうとすることと同義だと言われている。

ガレスの言葉を聞いて、表情一つ崩さないまま長距離転移を繰り返す弟の姿を想像してしまった。

「で？　うまくいってんのか？」

にやりと口端を吊《つ》り上げて、アーグルがこちらを見た。

「あっ僕も聞きたいです」

口いっぱいに肉料理を詰め込んだガレスが興味津々に聞いてくる。

二人の視線を受けて、若干の気恥ずかしさから視線を外す。

「あーまあ、それなりに？」

あちらの家に訪問して彼女の家族に挨拶もしたし、こちらの意思も早々に伝えた。

彼女の部屋にも何度も通い二人きりの時間を過ごしているし、最近はあちらの家族と一緒に夕飯をご馳走《ちそう》になることが習慣になってきている。

順調そのものだと答えようとして、忘れかけていた先程の悩みを思い出した。

「ただ……具体的な進展はしてない、な」

その事実を思い出して、俺は再び肩を落とした。

かの国に通い始めて一ヶ月。

休みのたびに通った成果もあり、彼女は俺と過ごす時間に馴染《なじ》んできているようだし、あちらの家族とも随分親しくなった。

時間を共に過ごすにつれて、少しずつ互いの距離感も近くなっているように感じている。

「具体的な進展ってなんですか？　お互いの気持ちを確かめ合うとか？」

「いや、それはしたはず……」

お見合い最終日にお互いの好意は確かめ合ったはずだ。

「そんならとりあえず直接触らせてもらえばいいじゃねぇか」

「それもお見合い初日に……」

初めて出会ったその日に、手には触れることができた。

「それなら次は口付けですかね？」

「それは……まだ、だな」

確かに更に関係を進めようとするならば、やはり身体的な接触は欠かせない。

互いの気持ちを確認し手も触れ合えたなら、次にすべきはやはり口付けだろう。

先日それとなく読書を理由に彼女の部屋で二人きりの時間を過ごすようにしてみたが、彼女は本当に終始本に集中していたし、俺はきっかけを掴《つか》むことができないまま本と彼女を見比べているうちに気がつけば夢の世界に旅立っていた。

「うーん。口付けに進めないって、何か理由があるんですか？」

「きっかけが見つからねぇ……」

「そんなの、そういう雰囲気になったときに声かけりゃいいじゃねぇか」

俯いていた俺の頭上から、アーグルの声が降ってくる。

「僕もアーグルさんの意見に同意です。無理矢理はよくないと思いますし、初めての口付けは思い出として大事にしたい女性も多いですから」

果たして彼女が初めての口付けを思い出として大事にしたいと考えているかは疑問だが、ガレスの意見も一理ある。

「『そういう雰囲気』ってどんな雰囲気だ？」

「はぁ？　『そういう雰囲気』っつったら『そういう雰囲気』だろ、なぁガレス」

「えっ僕に説明させるんですか!?　そういう……なんて言えばいいんでしょう、しっとりとした空気って言えばいいんでしょうか……」

　ガレスのふんわりとした説明に余計わからなくなってくる。

「とにかく俺はきっかけを作りたいんだよ。どうやったらそういう空気を作れるんだ？」

　俺の真剣な様子に顔を見合わせた二人は、口の中の食べ物をもぐもぐと咀嚼《そしゃく》しながらそれぞれ頭を抱えた。

「うーん、たとえば二人で恋愛ものの舞台を観に出かけるとかどうですか？　気分も盛り上がりそうですし」

「あー……とにかく二人っきりになる時間を作るようにしてけば、どちらからともなくそういう雰囲気になるんじゃねぇの？」

　アーグルが提案した二人っきりになる時間を作ることに関しては、既に実行しているため効果がないことが判明してしまっているが、ガレスの口にした恋愛ものの舞台鑑賞はまだ試していない。

　読書が好きな彼女なら観劇も好きだろうし、以前映像劇を観に行ったときの反応も良かった。

　気分が盛り上がりそうな恋愛ものの舞台を観に行けば『そういう雰囲気』を掴めるかもしれない。

「よし、今週はそういう気分が盛り上がる舞台鑑賞に行く！」

「おーその意気だ。頑張れよ」

　新たな助言に希望を見出《みいだ》し、心に決めて立ち上がる。

「応援してます！　うまくいったらまた奢ってくださいね！」

　ガレスの一言は相変わらずちゃっかりしていると思うが、うまくいったならお礼をすることもやぶさかではない。

気合を入れるように両拳を握ると、ローブを翻して食堂を後にした。

立ち去った食堂には、既婚者二人が静かに食事を続けている。

「……今更ですけど、魔力酔いの確認のためって理由を話せば、お互い好意のある相手なら簡単に口付けさせてもらえるんじゃないですか？」

「本人が気付いてないんだから黙っとけ。相手が魔力酔いする気配がないからこそ悩めてんだろ。あれは完全に初恋に浮かれてんだよ。それにダリアールの性格じゃすぐ下心もばれるだろうし、順調にいってんなら変な小細工はしない方がいい」

「あーそれもそうですね。ダリアールさんびっくりするくらいわかりやすいですし」

「まったく、俺の息子の方がまだうまくやると思うぜ」

そんな二人の会話が、俺の耳に届くことはなかった。


――話が違う。

俺は心の中で力の限り叫んでいた。

今日はガレスの助言通りに外出を提案し、女性が好きそうな恋愛ものの舞台を鑑賞した。

題名通りの内容で最後には主演の男女が熱く抱擁を交わし合う内容だったため、これは良い感じなのではと隣をチラリとみたものの、舞台を見つめる彼女はいつものように特に変化のないままだったため一抹の不安がよぎった。

そのまま帰りにいつもの本屋に寄ると、恐らく帰宅後に読むつもりであろう本を彼女は次々と購入していく。

――まずい、この流れはいつもと同じだ。

いつもの流れになると、このまま自室で読書の時間を過ごし家族と食事をとって解散になってしまう。

その前に、なんとかして『そういう雰囲気』を作る糸口を見つけなければならない。

「なあ、アンタ今二十九歳だったよな？」

俺が絞り出したのは、そんな一言だった。

「三十歳までに結婚したいとか思ったりしねぇの？」

三十歳を前に結婚に踏み切るというのは、我が国の女性だとよく聞く話だった。

「特には思いませんね。年齢の十の位が変わるだけで私自身が大きく変化するわけではありませんので」

表情を変えずに淡々と言葉を返す彼女に、思わず呻きそうになる。

読書を始められないようにと先回りして部屋唯一の椅子を陣取り、扉の側に立つ彼女を見上げた。

関係を深めたいと願っているのは自分だけなのだろうか、そう思うと急に自信がなくなってくる。

あの日、彼女は俺のことを『魅力的』だとか『好き』だとか口にしたはずなのに、これではまるで片想いをしているみたいだった。

「はぁ。俺ら知り合ってもうひと月以上経ってるよな」

「はい」

「俺らはほら、お見合いで知り合ったわけで、その……そういうのが前提のお付き合いとか、考えねぇの？」

お互いの気持ちを既に確かめ合った関係なのだから、少しは進展してもいいはずだ。

そう思って口にした言葉を受けて、彼女は僅かに首を傾げた。

「関係を進展させて、結婚を前提としたお付き合いを始めないかというお誘いでしょうか？」

「だ、誰もそこまで言ってないだろ！　ただ、何も進展しないままなのが気になってるだけで……ほら初日に手を繋いだろ？　普通、次は口付けに進んだりするもんじゃねぇの」

お見合い当日には手を繋げた。

それならば次は口付けに進んでもいいはずだ。

「つまり、口付けがしたいと？」

「違っ――わない。してもいいなら、したい」

彼女の言葉にカッとなりながらも、思わず大きな声が出た。

意地を張っても仕方がない。

ここ数週間どうやったら関係を進展させられるのかを考えてきた。

どうやったって自然に『そういう雰囲気』を作れないなら、直談判するしかないだろう。

「無理矢理は良くないって聞いてたが、放っておいたらアンタずっと本読んでるし、いつになったら口付けさせてもらえんだよ。既婚者に聞いても、そういう雰囲気になったらするんだとしか言われねぇし、そういう雰囲気ってどんな雰囲気だ!?」

心の内を上手に隠すなんて芸当もできず、ただただ心の内を吐露する。

一息で告げたせいでぜいぜいと肩で息をしていると、真っ直ぐこちらを見つめていた彼女は眉根を寄せて考え込むような仕草をした。

「それはまた、難しい問題ですね」

「アンタがいいって言うなら、俺は今すぐしたい。今、すぐ、ここでだ！」

力いっぱい訴える。

恥も外聞もどうでもいい。

ただ相手に触れたい、関係を進展させたい、それが自分の望みだった。

「わかりました。それでは目を閉じてください」

「は？　あ、わわわかった！」

彼女の真剣な眼差しに姿勢を正す。

椅子にかけたまま目を瞑《つぶ》っていると、近くに寄ってくる彼女の気配を感じ、かちゃりと眼鏡を置いたのだろう音がした。

目を瞑っているせいか周囲の気配に敏感になってしまい、すぐ側の彼女の気配や間近でその吐息を感じると心臓が跳ねる。

両頬を包むように手を添えられると、少し冷たい指先に反射的に身体が強張《こわば》った。

早鐘のように鳴る心臓の音を感じながら大人しく目を瞑っていると、唇にふにっと触れるものがあった。

それはまるですれ違う際に服が当たったような、ほんの一瞬の感覚だった。

そしてそのまま近くにあったはずの彼女の気配が遠ざかっていく。

「……おい」

思わず目の前にあった腕を掴んだ。

「まさかこれで終わりとか言わないよな？」

驚いたような彼女は眼鏡をかけておらず、なんだかいつもよりも少し頼りなさそうに見えた。

「口付けなら今しましたよね？」

「俺は子供じゃねぇぞ！　俺がしたいのは大人の口付けだ」

その腕を引けば、倒れ込んできた彼女を抱き留める。

想像以上に軽く柔らかなその身体を腕の中に収め片手で腰を押さえると、もう片方の手で捕まえ引き寄せた。

戸惑った表情で何かを訴えようと開きかけた彼女の口を、自分の唇で塞ぐ。

その瞬間、驚いたように目を見開いた彼女の顔が脳裏に焼きついた。

普段表情を崩さない彼女が、自分の行動によって動揺している。

その事実が俺に仄暗《ほのぐら》い征服欲と高揚感を与え、己の理性をじわじわと侵食していく。

逃げられないように首裏を押さえ、その薄い唇を割って入った。

温かな口内から伝わってくる熱に浮かされるように、柔らかな舌先をとらえ甘噛《あまが》みをすれば腕の中の彼女はびくりとその身体を跳ねさせる。

歯列をなぞり上顎に舌を這わせていけば、口端からくぐもった声が漏れた。

「んっう」

苦しそうにも聞こえるその声すらも俺を誘惑しているようで、ただただ下腹に熱が溜まっていく。

優しくしようというつもりはあったし、初めては想い出に残るようなものにする予定もあった。

しかし彼女の柔らかな内側に触れてしまえば、そんな余裕もすっかりと頭の中から失われていた。

他の男に見せない素顔を目の前にさらされて、身動きの取れない状態で頼りなくこちらを見上げられてしまうと、抑えきれない情欲が波のように押し寄せてくる。

僅かな抵抗を見せる舌先に吸いつけば、彼女は切なげに吐息を漏らす。

そんなささやかな抵抗がこちらの性的興奮を煽《あお》っているだなんて、彼女は夢にも思っていないだろう。

興奮の熱に浮かされるままに口内を蹂躙《じゅうりん》し、艶めいた反応を見せる場所を執拗に責め立てる。

腕の中で身じろぐ彼女の身体に指を這わせては、その感触を堪能する。

一体どれほどの時間をそうやっていたのか。

息継ぎに少しだけ身を離した際に、ぼんやりとこちらを見上げた彼女が、惚《ほう》けたような表情で熱い吐息を漏らした姿を見てぎくりとした。

目の前には上気した頬と潤んだ瞳、膝の上に乗せている体勢から胸元も深く見えてしまう。

腕を引いて無理矢理抱き寄せたせいか、ワンピースの裾が捲《めく》れて露《あら》わになっている白い太腿《ふともも》が視界に入った。

――まずい。

口付けだけのつもりだったのに、このままだとそれ以上を望んでしまいそうだった。

その焦りによってようやく理性を取り戻した俺は、夢のような時間に酔いしれていたことを反省しつつそっとその唇を啄《ついば》む。

「……平気か？」

意識的に魔力は流していなかったが、明らかな興奮状態での粘膜接触だ。

初めての口付けとしては、やりすぎとしか言いようがない。

こちらの問いかけに不思議そうに首を傾げた彼女を見て、そういえば魔力酔いの話すらしていなかったことに気がついた。

考えてみればこの数週間は口付けをすることばかり考えていたため、相手の魔力酔いのことなど全く頭になかった。

そんな己の浅ましさに気付き、自己嫌悪を抱きながら頭を掻く。

「あーその、気持ち悪くなったり吐き気が出てきたりしてねぇか？」

「いえ、とても気持ち良かったです」

腕の中の彼女は、きょとんとした様子でこちらを見上げてくる。

あまりにも平然とした様子にまず驚いてしまったが、それよりも『気持ち良かった』だなどという返事がくるとは思っていなかった。

俺に口内への侵入を許して身体を弄《いじ》られて、それを気持ちいいと言われてしまえば、どう考えてもその先を期待してしまう。

先程までその瞳に俺だけしか映していなかった彼女が、澄ましたように淡々と言葉を口にする姿を目にしてしまうと、またこの表情を崩して蕩《とろ》けた顔にしてしまいたくなる。

そんな欲望と葛藤していると、不意に彼女が俺の胸元を掴んだ。

「……どうしてダリアール様は、私なんかに好意を抱いてくださるのですか？」

顔を俯けた彼女の表情は見えない。

「私なんかって卑下するな。それに別に俺は一言も好きだなんて言ってねぇ」

「好意もない私にこんな情熱的な口付けを？」

「――っアンタ俺を揶揄ってるだろ！」

勢いのままに再び彼女の唇を奪った。

浅く深く舌を這わせ唇を食《は》み、舌先で甘露を掬《すく》い上げ、何度も何度も角度を変えては口付けを深めていく。

ああ、甘い。

この幸せの味を知ってしまえば、もう元には戻れない気がした。

翌週、俺は浮かれていた。

先週の口付けが忘れられず、一度交わしたのだから今日だって口付けをできるに違いないと期待して、いつもなら休日の早朝に会いに行くものを前日の仕事終わりに向かうことにした。

自宅に訪問すれば彼女はまだ帰宅しておらず、折角時間もあるのだからと教えてもらった職場先に迎えに行くことにする。

突然俺が迎えに来たら彼女は驚くだろうか。

突然の訪問を喜んでくれるだろうか。

そんなことを考えながら向かっていれば、途中降り始めた雨も気にならなかった。

職場先だという建物に着いてみれば、ちょうど彼女が入り口に立って空を見上げていた。

ぼんやりしている様子の彼女を見て、その無防備さについ笑ってしまいそうになる。

俺が迎えに来たことに気付けば驚くだろうかと少しだけ心を弾ませ、声をかけようと一歩踏み出したところで、目の前の光景に言葉を呑み込んだ。

空を見上げていた彼女が何かに気付き、後ろを振り返ったその先から見知らぬ男が現れる。

そう年の変わらないその男は、柔和な笑みを浮かべたまま彼女に何かを話しかけると自然にその隣に立った。

すぐに立ち去るかと思いきや、彼女を真似するように空を見上げると、そのまま親しげに会話を始めてしまった。

——誰だ、アイツ。

思わず呼吸を忘れそうになり、ローブの胸元を握りしめる。

なんのつもりで彼女に話しかけているのか、誰の許可を得て彼女の隣に立っているのか。

今すぐ消し去りたい。

二度と彼女に笑いかけられないようにその顔を潰してしまいたい。

彼女の隣は俺の居場所で、そこに立っていいのは自分だけのはずなのに。

そんな思考が脳裏をかすめ、自分の内の魔術師の性に背筋が凍る。

心を落ち着けようと目を細めてみても、彼女の側に知らない男が立っている事実が視界に映ることが不快で仕方なかった。

声をかけられている彼女のまんざらでもなさそうな様子を見ていると、胸の中が焦げつきそうになる。

俺以外の男に気を許さないでほしい。

俺だけを見て、俺だけに心を許して、他の誰からも干渉されないでほしい。

際限なく湧いてくる自分の浅ましい欲求に反吐《へど》が出そうだった。

心の内で自分の性と葛藤していると、彼女の表情に変化が現れる。

普段通りに淡々とした様子で会話をしていたはずの彼女が、ほんの少し俯いたかと思えば、その表情を僅かに緩めた。

目を細めてどこか嬉しそうに小さく微笑むその表情に、気付けば身体が反応していた。

「おい」

俺の声に、彼女はただただ驚いたように目を丸くした。

相手の男は俺を警戒するように訝しげな視線をこちらに向けている。

「ダリアール様？」

「誰？　知り合い？」

つかつかと二人の側に近寄り、そのまま彼女の肩を引き寄せた。

彼女は驚きで身体を強張らせたようだが、今は離してあげられる余裕はない。

一分一秒でも、他の男の側に置いておきたくなかった。

「ども。コイツ連れて帰りますんで」

多分相手は彼女の職場の人間だろう。

彼女の人間関係だってあるだろうし、いくら殺したくても敵意をそのまま口に出すようなみっともないことはしない。

魔力過多の魔術師である自分にだって、それくらいの自制心はあった。

紳士な対応を心がけたにもかかわらず、彼女のことを気遣うような視線を向けられたため、その不快感を上書きするように彼女を更に抱き寄せた。

まるで俺のものだと主張するようなその行為に自分でも呆れるが、それで虫が払えるなら構わない。

一礼すると、彼女の手を引くようにしてその場を去ったのだった。

「アイツ、アンタの何？」

しばらく歩いて落ち着いてきた俺は、ひとまず現状を確認することにした。

親しげに話すような男の存在は聞いたことがなかったし、今後も関わってくる可能性があるなら確認しておかなければならない。

「上司です」

「ただの上司があんなに親しげに話しかけてくるのかよ」

年の変わらないあの男と並んで話す二人の姿は、はたから見れば恋人のようにも見えた。

そんなことありはしないはずだと思っていても、腹の底の不快感はぬぐえない。

「もともと同じ時期に入社したので、古い知り合いでもあります。彼の奥様は私の後輩ですし、夫婦揃って世話焼きなところも似通っていると思います」

その言葉に、先程までの苛立ちがすうっと収まっていく。

「……ふうん、なんだ既婚者か」

奥さんが知り合いなら、多少言葉を交わすこともあるのだろう。

なんだ、そうだったのか。

拍子抜けしたように、先程からずっと肩にこもっていた力が抜けていった。

「ダリアール様はなぜこちらにいらっしゃったのですか？　明日来られるものだと思っていたので驚きました」

彼女の方に視線を落とせば、不思議そうにこちらを見上げている。

ここまで一緒に歩いておきながら、今日初めてまともに彼女の顔を見た気がした。

ついつい視線がその唇に吸い寄せられてしまい、慌てて視線を外す。

「あー……場所と時間はリアムに聞いた」

誤魔化すように空を見上げながら、ぽりぽりと頬を掻いた。

こちらに来る日を一日早めた理由は、自分の中でも明白だった。

「……まあ、先週のことでちょっと浮かれてたから、少しでも早く会いたかっただけ」

俺の言葉をどう感じたのか、少しだけ頬を赤くした彼女は落ち着かない様子で顔を俯けた。

お互い無言のまま並んで歩いていると、周囲には雨音と自分達の足音だけが響く。

何を話そうかと話題を探していると、不意に彼女が立ち止まった。

「雨に濡《ぬ》れていませんね」

「は？　ああ、雨避《あまよ》け張ってるから」

一瞬何を言い出すのかと思ったが、魔術が存在しないこの国には、そもそも雨を避けるという発想がなかったらしい。

ただ障壁を作って雨に濡れないようにしているだけの雨避けを、目を輝かせて見上げてみたり、作り方を聞いてくる彼女を見ていたら、ささやかな悪戯心が湧いてきた。

「あー……雨避け、範囲とか形とかきっちりしてねぇから、その、なるべく俺から離れない方がいい」

完全なる嘘《うそ》だった。

雨避けなんて形も大きさも術者の力量による。

俺のように障壁魔術が得意な魔力過多の魔術師ならば、雨避けなんて視界の範囲くらいであれば余裕で広げられた。

ただ身を寄せ合いたいだけの口実を口にして彼女を引き寄せれば、なんの抵抗もなくほぼ密着したような体勢になる。

——思っていたより小さいな。

普段から物事をはっきりと口にする彼女に対して、その堂々とした振る舞いのせいか、実際の背丈よりも大きく感じていたらしい。

こうして密着すると、自分の肩ほどの身長もないことがわかる。

そのつむじを見つめていると、不意に相手がこちらを見上げた。

「なんだ？　雨避けのためなんだから我慢しろ」

「おかしな質問だったら申し訳ないのですが、『雨避け』はもっと大きくできないのでしょうか？」

自分の嘘がバレたのかと一瞬身を固くしたが、不思議そうに首を傾げる彼女の様子からただ雨避けに興味を持っているだけの可能性もあった。

「……なんで？」

「この姿勢だとダリアール様が歩きにくいのではないかと思いまして」

思いもよらない返答に、思わず目を瞬いた。

彼女に密着したいがためにわざわざ嘘をついて口実を作ったのに、彼女はくっついてしまったせいで俺が歩きにくくなったのではないかと心配しているらしい。

相手に触れたいと思っているのが自分だけなことを実感して情けないやら寂しいやら、そんなもどかしい心情を、ただただ深い溜め息で吐き出した。

こちらの心中などまるで理解していない彼女の瞳に欲まみれの自分が映るのも情けなく、ついその頭を捉えて前を向かせる。

「……いいか、ちゃんと聞けよ」

目の前に現れた白いうなじに吸い寄せられるように、ついついじっと見つめてしまう。

浅ましい自分に対して、彼女は絶対的に警戒心が足らなさすぎる。

「アンタの言う通り雨避けは魔力に応じていくらでも大きくできる。なんならこの辺一帯の雨を止めることだって余裕でできる。だから、さっきのはただの口実！　ただアンタとくっつきたかっただけ！　せっかく一週間ぶりなんだから、少しでも触れたいって思う男心を悟ってくれてもいいんじゃねぇの？」

言葉にすれば余計に情けない自分を実感するが、そうでもしないと彼女はこちらの下心に全く気付かない可能性もあった。

情けなさに再び溜め息をつきながらも、ここまで正直に言ってしまえば恥も外聞もないかと気を取り直す。

「はぁ……なあ、手繋いでいいか」

「はい、もちろん」

目を細めるようにして小さく微笑みながら手を差し伸べる彼女は、ここまで言っても未だに俺の下心に警戒心を抱いていない気もする。

触れたいと言えば触れさせてくれるし、振り返っても今まで断られたことは一度もない。

お見合い最終日に、確かにお互いの気持ちを確かめ合ったと思う。

だが、これまで相手に触れたいと求めるのは自分ばかりで、彼女から求められたことは一度もなかった。

それが今、小さくささくれ立っている。

ただの上司だとかいうさっきの男の前では自分から微笑んでいたのに、それすら俺の前ではしたことがあっただろうか。

腹の内に溜まるどす黒いものに耐えかねて足を止めると、背中に彼女がぶつかった。

振り向けば、不思議そうにこちらを見上げる彼女がいる。

「なあ。口付け、していいか」

「ええと……ここで、ですか？」

今までこちらの要求を拒否したことのない彼女が、僅かな抵抗を見せた。

「ここだと都合が悪いのか？」

「雨で人通りが少ないとはいえ、人目がないとは言いきれないので」

人目とは、誰の目を気にしているんだろうか。

「他人の目が気になるのか。それなら、人に見られなければしてもいいんだな？」

「はい、それなら問題ないです」

「言質とったぞ」

言葉と同時に、彼女をローブの中に収める。

認識阻害ローブに包んでしまえば彼女は周囲から見えないし、着用している俺も判別されない。

「人に見られなければいいんだろ？」

顎先を捕まえて上を向かせれば、彼女は身を固くしつつ力いっぱい目を瞑っていた。

そんな顔を見ていれば、先程から渦巻いていた腹の底の薄汚れた感情もなんだか浄化されていく気がする。

それはそれとしてせっかく掴んだ機会なのだからと唇を寄せれば、顔を寄せた先で鼻先に眼鏡が当たった。

その音に驚いたのか、彼女もぱちりとその瞳を開く。

「……チッ邪魔くせぇ」

『そういう雰囲気』を壊した張本人である眼鏡を取り上げ、八つ当たりの愚痴を吐く。

苛立ち交じりで文句を連ねていれば、ローブの中で肩を震わせながら笑っている彼女がいた。

表情豊かな人とは違って、彼女の笑顔はわかりにくい。

目尻を下げてなんだか困ったように笑うその笑顔は、きっと親しい者だけが気付ける表情の変化だと思う。

ああ、こういうところが堪らない。

俺だけに見せる変化、俺だけが気付ける表情。

そんな俺だけの彼女をずっとこの腕に閉じ込めていたい。

そう考えていたら、自然とその唇を奪っていた。

あまりに自然に体が動いたため自分でも驚きつつ、そっと彼女に眼鏡を返す。

「今はこれで許してやる」

口から出た一言は、負け惜しみのようなものだった。

それでも驚きで硬直していた彼女がさっと頬を赤らめたのを見て、なんだか胸のつかえがとれた気がした。


「はぁ？　そんなこと気にしてたのか」

大事な話があると切り出されて緊張しながら耳を傾ければ、彼女は今まで俺との身分さに悩んでいたのだという。

そもそも縁談を打診した当初から相手の身分差なんて気にしていなかった。

「レントワールにも確かに身分制度はあるが、それよりも魔力量や相性が重視される。そんなちっさいこと悩む前に、俺に相談すれば良かったんじゃねぇの」

たった一言相談してくれればそんな悩みはすぐに解決してやれたはずなのに、それほど俺は信用されていなかったのかと、なんだか腹も立ってくる。

その点については彼女自身も思うところがあったのか申し訳なさそうに頭を下げられたので、手招きをしてこちらに近づいてきた彼女の手を引いて膝に座らせた。

「アメリア様からレントワール国の魔術師についても教えていただきました。この間の口付けは魔力酔いの確認ですか？」

「は？　いや、まあそうかな」

　思いもよらぬ質問に、一瞬言葉に詰まる。

　そうと言えばそうだし、違うと言えば違う。

　確かに魔力酔いの確認は肌同士の接触から順にやっていかなければならないが、あのときはただただ関係を進展させたくて口付けをすることを目標にしてしまっていた。

「アメリア様の旦那様は魔力酔いを起こさせやすい体質と伺いましたが、ダリアール様もそうなのですか？」

「まあロワールは仕方ないとして、俺で魔力酔いするかどうかは半々じゃねぇかな？　今までのお見合いがうまくいかなかった理由の半分は魔力酔いで、残りは俺の性格だったし」

「ダリアール様の性格に問題があるとは思えませんが」

　あまりにも断定的な物言いに面食らう。

　彼女は確かに好意的に受け入れてくれたが、これまで散々王族として自身の性格や振る舞いを否定し続けられていたことは事実だった。

　その事実を伝えても、理解できませんと顔に書いてあるのかというくらいにわかりやすく眉を顰《ひそ》められて思わず苦笑してしまう。

　これまで大して気にしてこなかったが、それでも傷つかなかったわけじゃない。

　それでももうどうでもいいと思えるのは、ありのままの俺の方が魅力的だと言ってくれた存在がいたからだ。

「ずっとお伺いしたかったのですが、なぜ私に興味を持ってくださったのでしょうか。ダリアール様であれば、今まで多くの女性の方と出会われてきたと思うのです」

　真剣な眼差《まなざ》しで問われれば、正直に答えるしかなかった。

　あれほど努力して王族としての振る舞いを身に着けたのに、無反応な態度に興味を持ってもらえていないと感じたこと。

　それなのに、俺の汚い文字に興味を持ったと言われて混乱したこと。

　本の話をしたときに笑ってくれたこと。

　それが俺にとっては初めてのことで、もっと話したいと感じたこと。

　口に出してみれば、それらは全て些細《ささい》なきっかけだった。

　それでも、三日目の大失敗を目の前にして俺のことを魅力的だと言ってくれた彼女を、絶対に手放したくないと感じたのだ。

「……なぁ、気にしてた身分差が解決したんだよな」

「はい」

「それって、もう俺と結婚できるってことだよな？」

そっと彼女の首筋に指を這わす。

熱のこもったこちらの視線を、彼女はなぜか不思議そうに見上げた。

「結婚とは、恋人関係や婚約といった段階を経てから進むものですよね」

その言葉に鈍器で殴られたような衝撃を受ける。

まさかここまで関係を進めていて、恋人同士ではないとでも言い出すつもりだろうか。

「おい、俺たちこの前口付けしたよな。確かに正式な婚約は結んでないが、恋人じゃねぇとは言わせねぇぞ」

「えっ」

「は？　俺がなんでもない女と口付けしたとでも思ってたのかよ」

本当に気付いていなかった様子に、呆れまじりの溜め息がこぼれる。

自分以上にこういった類《たぐい》に疎い彼女には、一から説明しなければ進展のしようもないし、おかしな方向に誤解を生むかもしれないとようやく自覚した。

それならばもう、自分の望みを素直に口に出すまでだ。

「なぁ、いい加減アンタに触れたい」

許可をもらった俺は、一気に彼女を貪った。

防音壁を張ってその声が自分以外の耳に入らないようにすると、彼女が声を我慢しないよう促した。

この白い肌も温かな体温も、柔らかな身体も何かに縋るような嬌声《きょうせい》も自分だけのものだと思うと仄暗い征服欲が満たされていく。

彼女の秘所を暴き快感を拾う場所を責め立てれば、俺の与える刺激一つ一つに反応を見せ、その小さな身体を震わせるようにして達する姿が堪らなかった。

達した余韻を残す彼女の中に自分を埋め込み、溶かされそうなほどの熱に包まれて、俺は夢心地のまま彼女を抱きしめる。

その胸元に頬を寄せ、やっと繋がれた多幸感に口を開いた。

「……受け入れてくれてありがとう、エルザ」

その瞬間、彼女がびくりと跳ねた。

「エルザ？」

どこか喘《あえ》ぐように肩で息をしながら、こちらを向いたその瞳は涙に潤んでいる。

明らかに先程までと様子の違う彼女は、その頬を上気させ苦しそうに身悶《みもだ》えた。

俺を受け入れたままの中は、きゅうきゅうと切なそうに締めつけてくる。

「どうし――もしかして真名呼んだから精神干渉起こしてんのか」

「精神、干しょ……？」

舌っ足らずなその口調に、彼女の変化を確信する。

俺を見ているようで見ていないその瞳の先を確認しつつ、頬に手を添えればすりっと頬を寄せられた。

「俺の名前わかるか？」

「んっ……ダリア、ル様」

俺の言葉に正常な言葉を返しながらも、耳に触れた俺の指に過敏に反応して身体をくねらせる。

「大丈夫か？」

「わからな、熱くて……んぅっ」

彼女の熱を帯びた視線に思わず咽喉《のど》が鳴る。

――だめだ。

今の彼女は俺のせいで精神干渉を起こしているのだ。

そんな姿に欲情するなんて、いつもの彼女を裏切る行為でしかない。

「悪い、一旦身体を休ませてから」

「や、お願、やめないで」

そう言った彼女は俺の腰に脚を絡ませ、引き抜こうとしたモノを必死に引き止める。

「中、切なくて。やめないで、お願い」

その言葉に、俺の理性は完全に焼き切れた。

一言同意の確認を口にすると、両膝を持ち上げ思いのままに強直を突き立てる。

濡れそぼった彼女のナカに己を突き立てるたび、信じられないほどの快感が走った。

「は、気持ちい、あっ……んぁっ」

精神干渉の影響なのか、初めてにもかかわらず彼女はただただその快楽を口にする。

自分に組み敷かれ、ささやかな白い双丘を淫らに揺らしながら、だらしなく口を開いた彼女――エルザが堪らなく愛しかった。

思わず唇を奪えば、切なそうに舌を伸ばしてこちらの舌を求め吸いついてくる。

精神干渉は、元々なかった思考を植えつけることはできない。

すなわち今の彼女の行動は全て、もともと彼女の内にあった思考に基づいたものなのだ。

彼女がこれほどまでに自分を求めてくれることが嬉しい。

「はっそんな顔されたらもう、絶対人前じゃ名前呼べねぇな」

蕩けた表情で首を傾げる彼女を見ると、その身体を反転させてうつ伏せにする。

顎を持ち上げその顔を上げれば、ベッド脇の姿見に彼女の顔が映った。

「気付いてねぇの？　ほら」

自分の痴態に我に返ったのか、駄々をこねるようにいやいやと小さく頭を振る。

そんな幼さの見える行動も、ただただ男の欲望を掻きたてるだけだと本人は気付いているのだろうか。

「これからはその蕩けた顔は俺にだけ見せてくれよ。なぁエルザ」

愛しい彼女の名前を呼ぶ。

己の動きに合わせて、彼女の淫らな嬌声が響く。

優しくすればもっととせがまれ、自分本位に激しく動いてもただただその快感を口にする。

本人も気付かないうちに自分でも腰を振り、快感を拾おうとしている姿は、堪らなく淫らでこちらの興奮を掻きたてた。

「んあっひ、ああっ……！」

痙攣《けいれん》するようにひときわ大きく身体をしならせ、ベッドに沈み込みそうになったその腹を支える。

腰を掴んでその奥に突き立てるように打ちつければ、達した余韻で子種を強請《ねだ》るようにうねる内壁に搾り取られるようにして滾《たぎ》った熱を全てぶちまけてしまった。

埋め込んでいたモノを抜けば、中からこぽりと残滓《ざんし》が溢れる。

力なくベッドに沈み込み、ふうふうと息を整えている彼女をそっと覗き込み、その前髪を掬《すく》った。

「魔力酔いがあるか聞きたいけど、それどころじゃないよな」

「ん……う？」

まだ地に足がついていないような状態の彼女を見て、やはり精神干渉の状態だったことを再認識する。

それに気付いていたにもかかわらず、事に及んだのは全て自分の責任だった。

「悪い、調子に乗った」

そっと彼女の抱き寄せると、その頸に唇を寄せる。

何か言いたげに彼女の口元が動くが、恨み言でもなんでも受け入れる覚悟はできていた。

初めて出会ったときに抱いたのは、ただの興味だった。

縁談を経て共に時間を過ごすようになって、少しずつ育ってきた自分の中の感情と向き合ってきたが、こうして身体を重ねたことで実感してしまった。

誰かを愛するという感情を、俺は今まで知らなかった。

魔術師だから愛が重いと言われても、そうならないよう努力すればいいと思っていた。

でも、人を好きになるなんて理屈じゃない。

誰かを愛し愛される幸福を一度知ってしまったら、もっと欲しくなるし、二度と手放せる気もしなかった。

腕の中にいた彼女が身じろぎをすると、その手がゆっくりと腕を撫で、辿り着いた先の手に指を絡めて優しく握ってくれる。

その指先に柔らかく撫でられると、その動きがまるで浅ましい自分を許してくれているかのようで胸の奥が苦しくなった。

そして、不意にいつかの弟の言葉を思い出す。

『好きだと自覚したら終わりだ。相手の全てが知りたくなるし、常に相手の愛情に飢えた状態になる。結婚したいって言うなら、それを覚悟した上で相手を考えろ』

あのときは何をそんなに思い詰めているのかと思ったが、今ならその気持ちがよくわかる。

「……そうか、ロワールが言ってたのはこういうことか。はは、これはもう放せないな」

いつのまにか腕の中で静かに寝息を立てている身体をそっと抱きしめる。

その首筋に顔を埋めてつうっと唇でなぞると、いつものワンピースで隠れる辺りに小さく赤い痕を残した。

その所有印のような赤い痕に、己の独占欲が満たされていくのを感じて呆れてしまう。

自分の中に、こんな馬鹿みたいに重い感情があったなんて知らなかった。

彼女に触れるだけで、その体温を感じるだけで、際限なく彼女を求める欲望が湧いてくる。

生まれながらに魔術師としての将来を決められていたが、自分は『ああはならない』と心のどこかで高を括《くく》っていた。

魔術師の典型のような弟の考えは理解できない。

レントワールで一般的に言われるように、嫉妬を見せるなんて恥ずべきことだし、執着心や執拗な求愛はみっともない行為だと本気で思っていた。

しかし、自分の中の感情に気付いてしまった今、以前のように魔術師としての性を否定することはもうできそうになかった。

自分の腕の中で安心しきっている彼女の寝顔を見て、そっとその髪を梳《す》く。

もしかしたら、この感情に気付かなかったままの方が平穏な日常を送れたのかもしれない。

それでも、たとえ自分の性を露呈して、みっともない嫉妬や際限のない執着心に呆れられたとしても、これからはもう彼女が隣にいない未来は考えられなかった。

すぐ側の男がそんな重すぎる愛を自覚しているなんて、彼女は夢にも思わないだろう。

でも、もう二度と放してやれない。

そんな決意を新たにしながら、彼女の身体をそっと抱きしめると、この温《ぬく》もりに触れられる幸福を噛みしめるのだった。

「ダリアールおめでとう！　まさかお前までかの国の女性と結婚するとはな！」

「奥さんダリアールをよろしく頼むな！　コイツ、ロワールが早く自立したせいで末っ子体質だから大変だと思うけど！」

　王宮の庭園を借りて開いたささやかな成婚披露宴には、それぞれの親族が集まっていた。

「おい、黙れ双子」

　七人兄弟の中でもとりわけ声の大きい双子の兄達は、挨拶の言葉も一際大きく、その声は周囲に響き渡る。

　更には、こんな日でも隙あらば俺を揶揄おうとしてくるのだから本当に質《たち》が悪い。

「なんだなんだその呼び方。おいおい、昔みたいにお兄ちゃまって呼んでいいんだぞ？」

「そうそう、俺達二人ともルドお兄ちゃまだもんな」

「なるほど、お二人ともお名前に『ルド』がついていらっしゃいますからね」

「アンタもコイツらの話に乗らなくていい……」

　俺の隣で至極真面目に言葉を返す彼女に、つい肩の力が抜けてしまった。

　彼女の返答に一際盛大な笑い声を上げて満足したのか、リカルド・ハロルドの双子の兄達は楽しげに祝福の言葉を口にすると他の兄弟達のもとへと戻っていく。

　兄弟達の近くには、相変わらず奥さんにべったりなロワールもいた。

　魔力酔いを懸念してか魔封じを全身にこれでもかと身に着けた姿に、見合い初日にありったけの装飾品を着けて臨んだ自分の過去を思い出してしまいうっかり呻き声を上げそうになった。

　披露宴と銘打ったもののそれほど盛大なものではなく、身内へのお披露目と互いの親族同士の交流のために用意した場は、皆思い思いに食事を口にしたり歓談したりと楽しそうな時間を過ごしている。

初めて身体を繋げたあの日から、自国に戻った俺はすぐに婚姻関係の手続きを始めた。

彼女の戸籍だったり挙式だったりにやきもきしたものの迅速に手続きを済ませ、彼女の仕事の都合に合わせて日程を調整した結果、ようやく今日から名実共に彼女を妻として迎えることができた。

蜜月休暇も既に申請済みだし、これでもう夫婦の間を隔てるものは何もない。

そういえば、かの国の義父に当たる貴族がいろいろ口を出そうとしてきていたらしいが、彼女の話によれば義姉となった女性が対処してくれたらしい。

そんなことを嬉しそうに報告してくる彼女を見て、困っていたなら俺に頼ればいいのにとも思ったが、まあ頼れる親族がいるのはいいことだ。

そんなことを考えながら隣に視線を送れば、待ち焦がれた存在がそこにあった。

隣に立つ妻は、シンプルな白のドレスに俺の髪と瞳の色の装飾品を身に着けている。

彼女に似合うと思って、しばらく前から用意していたものだった。

「……何か？」

こちらの視線に気付いたのか、彼女は不思議そうにこちらを見上げた。

「いや、別に」

いつもかけている眼鏡は、ヴェールに引っかかってしまうからと外されている。

眼鏡がなければ周囲が見えないのではないかとも思うが、人の顔の判別くらいはつくらしい。

「眼鏡外さなくてもよかったんじゃねぇの？」

「せっかくダリアール様がプレゼントしてくださった衣装を傷つけたくないという配慮のつもりだったのですが、何か問題があったでしょうか？」

「へーへー、そうかよ」

晴れて結婚式の日を迎えたというのに、相変わらずの淡々とした物言いについ悪態をついてしまう。

眼鏡を外した姿は自分といるときだけにしてほしいだなんて、不埒なことを考えていた自分が馬鹿らしく思えてきた。

「よく見えなかったからって躓《つまず》いたりするなよ」

「もし躓いたらダリアール様の腕をお借りしますね」

「俺は添え木か何かかよ」

俺の物言いに、エルザは小さく噴き出した。

「言い得て妙ですね、確かにいつも支えてもらっています。それに――」

トントンと肩を叩かれ手招きをされ、なんの気なしに身体を傾ける。

近づいた俺の耳に手を添えて、彼女はそっと囁いた。

「ずっと隣にダリアール様がいてくださるのなら、道を間違えることはないと安心できますね」

「なっ――!?」

俺の叫び声が会場に響くと、周囲が一斉にこちらに振り向いた。

そして真っ赤になっているだろう俺の顔を見て、皆一様にニヤニヤと温かい視線を向けてくる。

それは親兄弟、ロワールとその奥さん、義弟のリアムまでも同じような反応だった。

声にならないままぱくぱくと口を動かしていれば、隣から小さく袖を引かれる。

「そういうところが、本当に可愛らしいと思っています」

「エル――アンタ本気で俺のこと揶揄ってるな!?」

深く頷《うなず》きながら大真面目な表情で認めてくる彼女に、ついまた大声で言い返してしまった。

身内だけの場なのだから、堅苦しいような空気もない。

ささやかな披露宴に参加してくれた気のいい身内たちは、皆口々に祝福の言葉を口にしながら笑っていた。

「さすがダリアールの奥さん！　扱いがわかってるね！」

「もう既に手綱を握ったも同然だな！」

双子の兄達が、やけに楽しそうに軽口を口にしているのが聞こえる。

二人の会話に同意しながら笑い合っている兄弟達も、俺のことをよろしくと彼女に言葉を投げかけている。

「良かったな。ダリアール」

「エルザお義姉《ねえ》様《さま》、これからもどうぞよろしくお願いいたしますね」

ロワールとその奥さんまでも、兄弟達と並び立つようにして楽しそうにこちらに手を振っていた。

「くそっ俺の味方はいねぇのかよ」

「はい？　私はずっとダリアール様の味方ですよ？」

「そういう意味じゃねぇ！」

きょとんとした様子でこちらを見上げた彼女に、本日三回目の大声を上げてしまった。

どうやら俺は、この妻に当分勝てそうにない。

そんな俺たちのやり取りを見守りながら、会場には参加者たちの温かな笑い声が響くのだった。

書き下ろし番外編

「本当に大丈夫か？」

「初めて訪れる場所でもありませんし、問題ありません」

　澄み渡った晴天の下、目の前にはレンガ造りの大きな建物がそびえ立っている。

　レントワールの国立図書館であるその建物の入り口前で、最近は毎日の習慣のようにこのやりとりを繰り返していた。

「んなこと言ったって、こっちじゃアンタみたいな魔力のない人間は、幼子同然に攫《さら》いやすい相手なんだ。いいか、絶対に魔力がないことは口外するなよ!?」

「肝に銘じておきます」

　耳にタコができるほどに毎日言い聞かされていれば、さすがに自分自身も警戒するようになる。

「俺が渡した『魔力石』は絶対に身につけておけよ」

「もちろんです。肌身離さず持ち歩くようにしています」

　彼から渡された『魔力石』は麻糸を通して首から下げ、衣服の中に隠すようにして身に着けていた。

　出仕する前に図書館前まで送ってくれた夫――ダリアール様は、その濃紺の髪を掻《か》き上げながら眉間に皺《しわ》を寄せて、言い忘れたことがないか指を折りつつ確認しているようだ。

　レントワールに来て数ヶ月、相変わらずダリアール様は私のことを大切にしてくださるのだが、こちらに来てから更にその過保護ぶりが増したような気もする。

「ああ、変な男に話しかけられても無視しろ。特に俺と同じローブを着てるやつを見かけたら、絶対に目を合わせるな。なんなら普通の格好のやつでも、魔術師のなりそこないって場合もありえるからな。それと、本当の名前は絶対に名乗らないこと」

「承知しています。私は本を読みたくてここに来ているわけですから、職員の方とも必要以上に話すつもりはありません」

「本当にわかってるならいいが……」

まだまだ言い足りないのか、語尾を窄《すぼ》めながら、もごもごと口の中で呟《つぶや》いている。

「ダリアール様、そろそろお仕事に行かれた方が」

私の言葉にうっと小さな呻《うめ》き声を上げたダリアール様は、二、三度逡巡《しゅんじゅん》した後に、大きな溜め息をついた。

「いいか、迎えに来るまで絶対に図書館から出るんじゃねぇぞ。絶対だからな！」

念を押すようにその指でぐっと私の額を押すと、一つに縛った濃紺の長髪をなびかせながら身を翻す。

彼の動きに合わせてふわりと舞ったローブに目を奪われていると、先程までそこにいたはずの彼は忽然《こつぜん》と姿を消していた。

「……相変わらず、『魔法』のようだわ」

毎度のことながら、何度見ても魔術というものは興味深い。

その不思議な現象を目にするたびにうっとりと溜め息をこぼしそうになってしまうのだが、ふと口から出た言葉に誤りがあったことに気付き、小さくあっと言葉を漏らしてしまった。

まるで『魔法』のようだと口にするたびに、これは『魔術』だと何度も繰り返しダリアール様に訂正されている。

この国では『魔法』と『魔術』は明確に区別されており、国内において『魔法』はほとんど発達しておらず、レントワールの生活基盤は『魔術』が支えている。

それは何度も説明を受けている話なのだが、私にとってはどちらも等しく憧れの対象であり、不思議な現象や幻想的なものを見かけると、つい『魔法』に例えてしまうことから度々口にしがちな誤りだった。

レントワールで暮らし始め、この国の生活にも徐々に慣れてきた。

国民のほとんどが魔力を持つこの国では、魔力を持たない人間が暮らすには不便なことが少なからずある。

水を汲《く》みに行かなくていい代わりに魔力を通せば水が発生する装置があったり、薪《まき》を割らなくていい代わりに魔力を注げば火をおこすことができる道具が存在したりと、他にも多くの便利なものがあるが、全てにおいて魔力が必要になるものばかりだ。

こちらで暮らし始めて一番につまずいたのが魔力問題だったのだが、それは『魔力石』によってすぐに解決した。

見た目はただの小さな水晶玉である『魔力石』だが、魔力を備蓄することができ、ダリアール様の魔力を注いでもらった魔力石を持ち歩くことで、魔力のない私でも数々の便利道具を利用できるようになった。

魔力石内の魔力が少なくなった場合は補充すれば再び使用できるため、数日に一度の魔力補充をしてもらえば、日常において不便な思いをすることはまずない。

この国で魔力を持たない人間が生活していくためには魔力石の所持が必須なのではとダリアール様に聞いたところ、大体が魔力石を利用しているが、厳密に言えばそれ以外にも他人に魔力を提供する方法はあるらしい。

興味本位でその方法を尋ねてみたが、あまり外聞が良いものではないということで言葉を濁されてしまった。

どんなことにも抜け道のようなものはあるのだろう。

目の前にあった入り口前の階段を上ると、扉の前に立つ。

魔力に反応して自動的に開くその扉は、私の持つ魔力石に反応して静かに開いた。

歩みを進めると、同様の扉がもう一枚あり、ゆっくりと開いた二枚目の扉の向こうには静かな空間が広がっている。

――ああ、本の香りだわ。

少しひんやりとするような空気感を感じて、思わず口端が緩みそうになる。

レントワールでは婚姻後、夫婦二人が邸《やしき》に籠《こも》ってひと月二人の時間を過ごす「蜜月」という習慣があるらしく、こちらに来てしばらくは邸の外のことを知る機会はなかった。

約一ヶ月の蜜月を過ごした後、何かしたいことはないかと問われ、私が一番に口にした言葉は「本が読みたい」だった。

ダリアール様には「蜜月の間も読んでたろ」と呆《あき》れられたが、これから彼が日中仕事で邸を空けている時間を一人で過ごすことを考えると、ついその言葉が口を衝《つ》いて出てしまった。

結婚を機にこちらの国へ移り住んだ当初は、家庭を支えるという意味で家事をすることになるだろうと想像していたが、元々雇っていた使用人の方がいるために家事を請け負うこともなく、ダリアール様には自分の妻として自邸にいるだけでいいと言われている。

蜜月の間は、レントワール国のしきたりに従う形でダリアール様との時間を過ごさせてもらったが、日常に戻るとなればあまりにも手持ち無沙汰な状況だった。

新しい仕事でも探そうかとも思ったが、今の自分はレントワールに関する知識も乏しい。

せめてこの国に関する知識を得たくて、咄嗟に「本が読みたい」と口にしてしまったのだった。

本を読みたいだけなら取り寄せることもできると言われたが、レントワールにも図書館があると聞き、せっかくなら社会勉強もできればと通い始めたのが数週間前。

レントワールの国立図書館だというこの場所には、歴史から地理、魔術に関するものまで様々な分野の本があり、溢《あふ》れ出す興味のままに本を手に取っては読書に没頭する時間を過ごしている。

「おはようございます。本日もお早いですね」

受付台の男性職員から、にこやかな朝の挨拶が飛んでくる。

年の頃は私より少し若いくらいだろうか。

その人当たりのいい笑顔がカーターさんを彷彿《ほうふつ》とさせるが、ダリアール様から他人——特に異性との接触は避けるようにと言われているため、軽く会釈を返すにとどめる。

個人的にはそこまで気にする必要もないと思うが、まだ胸を張ってレントワールの文化や風習を理解しているとは言えない今、ダリアール様の言うことには従っておいた方が賢明だろう。

そんなことを考えながら昨日読んだ歴史関係の本棚に着くと、読みかけだった巻から続く数冊を手に取り、いつもの席に腰を下ろした。

西向きの窓際の席には、夕方までほとんど日が当たらない。

しかし大きな窓から見える中庭の植物達にはしっかりと光が当たっているため明るさは十分で、眩《まぶ》しすぎず本も傷《いた》みにくいようなちょうどいい場所だった。

レントワールは魔術大国と言われるだけあり、歴史についてだけでも相当な巻数の書籍が存在している。

国の歴史書から著名人の伝記など、この数週間で目を通せたのはほんの一部だ。

それでも一ページ読み進めるたびに、少しずつこの国への理解を深められていると思えば、今日の読書も捗《はかど》りそうだった。


「——い、おい」

突然耳に飛び込んできた声に、ハッと顔を上げる。

声の方向を振り向けば、隣の席でこちらを覗《のぞ》き込んでいるダリアール様の姿があった。

「……驚きました。いつ頃からいらっしゃっていたのですか？」

「ちょっと前から」

短く言葉を切って返事をした彼は、なんだか不貞腐《ふてくさ》れたような表情で、じっとこちらを見つめていた。

頬杖《ほおづえ》をつきながら、時々これ見よがしに溜め息をついている様子は、何かを訴えているのだとは思うが、その何かがわからず首を傾《かし》げる。

彼の言いたいことを想像してみても、これという心当たりはない。

もしかすると先程の『ちょっと』という表現は私を気遣ってのもので、実際はもっと長く待たせてしまっていたのだろうか。

「お待たせしてしまって申し訳ありませんでした。すぐに帰る支度をします」

謝罪と共に小さく頭を下げて、近くに積み上げていた本の山を抱えようとすると、横から伸びてきた手にあっさりと奪われた。

「俺が運ぶからいい。アンタは十分周りを警戒しながら待ってろ」

「警戒、ですか？」

「『警戒』は『警戒』、言葉のまんま。本だけじゃなく周りにも目を配っとけってこと。言っとくが、アンタ読書中ほんっとに無防備だからな！」

睨《にら》みつけるようにそう言い残した彼は、本の山を抱えたまま返却台の方へと向かっていく。

先程の表情はこれが言いたかったのかと納得すると同時に、なんだか肩の力が抜けてしまった。

相変わらずぶっきらぼうな物言いだが、要は私の心配をしてくれていたのだろう。

自邸で過ごす時間も今のように重い物は持たせないようにしてくれたり、私の希望通りに図書館に連れてきてくれたりと、今更ながら十分すぎるほどに彼の優しさを実感していた。

「おや、お帰りですか？」

突然降ってきた声に顔を上げると、今朝挨拶をされたばかりの男性職員が笑顔で立っている。

「はい、迎えが来ましたので」

短く答えダリアール様が向かった方へと視線を向ければ、ちょうど返却台にいた職員に本を渡しているところだった。

「ああ、いつもの方ですね……はは、貴女《あなた》も大変ですね」

耳に心地いいその声を聞き流していると、ふと、小さな違和感を覚えて彼の方を振り返る。

振り返った先には、先程と変わらない人当たりの良さそうな笑顔を浮かべた青年が立っていた。

「ああ、もう戻ってこられますね。それでは、失礼いたします」

丁寧に頭を下げた青年は、踵《きびす》を返して颯爽《さっそう》とその場を去っていく。

ぼんやりとその後ろ姿を見送っていると、コツッという音が頭に響いた。

見上げればこちらを見下ろすダリアール様と目が合う。

頭上には軽く握られた拳があり、どうやら戻ってきた彼に小突かれたらしかった。

「痛いです」

「アンタが悪い。他の男を見てたろ」

抗議の声に対して返ってきた随分と可愛《かわい》らしい言葉に、思わず瞬《まばた》きを繰り返してしまう。

ダリアール様と出会うまで数えきれないほどのお見合いをしてきたが、一度も良縁に繋《つな》がったことはなく、もちろん恋人などいたこともない。

二十九年間全くと言っていいほど男性との縁に恵まれなかった私が、こんな心配をされる日がこようとは思ってもみなかった。

「……アンタそれ笑い堪《こら》えてるつもりだろうけど、わかるからな。口元緩んでる」

慌てて口元を隠すが、後の祭りだ。

私が彼の小さな嫉妬を喜んでいたという恥ずかしい事実は十分に伝わってしまったらしい。

「すみません。なんだか嬉《うれ》しくて」

羞恥心からつい視線を逸《そ》らしてしまうが、謝罪の言葉に返ってきたのは長く深い溜め息だった。

相手の嫉妬を喜ぶなんて軽蔑されただろうかと恐る恐る様子を窺《うかが》えば、目が合ったダリアール様は眉間に深い皺を刻み込んでいたものの、なぜか頬を赤らめていた。

「あの……？」

その表情の意味を問おうとすれば、何かを押し殺すような呻き声を上げた彼は、まるで犬を撫《な》でるかように乱暴に私の頭を引っ掻き回す。

「そういうとこだよ！　ほんっと気をつけろ！」

腕を引かれながら、二人揃《そろ》って図書館を出る。

くすぐったくも温かい彼とのやりとりに満たされていた私は、先程の青年と交わした会話に覚えた小さな違和感のことなどすっかり忘れ去っていたのだった。

「おはようございます。今日もお早いですね」

図書館に入ると、いつもの青年に挨拶をされて会釈を返す。

図書館職員は複数名見かけたことがあるが、早朝の受付台に座っているのは大抵彼である。

本棚の近くで作業をしている職員も大体同じであることが多いことから、フロアや職務によって役割分担をしているのだろう。

受付台の前を通り過ぎると、昨日の本の続きを探すべく歴史書の本棚へと向かう。

いつもの早朝の時間にもかかわらず、本棚へ向かう途中に数人とすれ違ったことから、今日は少し利用者が多いようだ。

ここは国立図書館というだけあり、かなりの蔵書量がある。

そのため仕事や調べもので利用する人が多いのか、ダリアール様と似たようなローブを着た人が文献を探していたり、身分の高そうな人が行き交ったりする姿を目にすることが度々あった。

先程すれ違った人はダリアール様と同じローブを着ていたことから、宮廷魔術師団に勤める魔術師なのだろう。

魔術師という職業に興味はあるが、ダリアール様から「自分と同じローブを着ている人物とは目を合わせないこと」と言われているため、軽く会釈をしてその横を通り過ぎるにとどめた。

ここに通い始めて気付いたことは、図書館に一般の利用者が少ないということだった。

席に着いて本を開いている人でも何かを調べているような人がほとんどで、読書を楽しんでいるような利用者の姿は見かけたことがない。

恐らく魔術が発達したレントワールには、読書以外にも楽しい娯楽がたくさんあるために、趣味として読書を選ぶ人が少ないのだろう。

実際以前ダリアール様と一緒に観た映像劇などは、まるで視覚と聴覚から飛び込んでくるような感覚で物語を楽しめる、非常に興味深いものだった。

魔術を使えば、自国の演劇では再現できなかった幻想物語でさえも現実世界に生み出してしまえるのかもしれないと思うと、改めて魔術の可能性を実感してしまう。

「やっぱり魔術ってすごい」

そんなことを呟きながら足を進めていれば、いつのまにか歴史書の棚の前に着いていた。

昨日の続きを数冊取って腕に乗せていると、ふとその本の重みを感じる。

腕にかかるずっしりとした重みは我が国で読んでいた本のそれと変わりなく、なんだか懐かしいその感覚に妙に落ち着くような心持ちになる。

魔術の発達したこの国では、興味深い娯楽に出会う機会も多いだろう。

しかし、文字を追いかけながら頭の中に自分の世界を描くことが好きな自分は、結局読書をやめることはできないだろうなと思うと、つい小さな笑みがこぼれてしまうのだった。

ふと顔を上げれば、窓からの日が机に差し込んでいた。

太陽の傾き加減からすればそろそろ夕刻、ダリアール様が迎えに来てくださる頃だろう。

先日隣に座っているにもかかわらず声をかけられるまで気がつかなかったという失態を犯したため、今日は準備を整えて待っていようと片付けを始める。

山になっている本たちを返却台に持っていくため、机の上を整理しようとすると、すっと手元に影が差した。

「おや、今日は早いんですね」

顔を上げれば、いつもの受付台にいる青年が、柔和な笑みを浮かべてこちらを覗き込んでいた。

「はい、彼が迎えに来る前に準備を終えておこうと思いまして」

端的に事実を答え、机の上に積み重なっていた本を持ち上げようとすると、半分持ちますよという声かけと共に、手元の本の大部分を取られてしまう。

レントワールには女性に重い物を持たせないという紳士的な常識があるのだろうかと思いながら、短く礼を述べると、先に進む彼を追うようにして返却台へと向かった。

「毎日迎えに来る彼を見かけますが、朝も一緒に来られているんですか？」

「はい」

「はは、なるほど」

青年は場を和ませようとしているのか、当たり障りのない雑談を振ってくる。

人当たりの良い笑顔といい、相手に気まずい思いをさせないように話しかける気遣いといい、普段からコミュニケーションを図ることが得意なタイプなのだろう。

彼が図書館内で一番人通りの多い受付台に配置されているのも、その特性を活かしているのかと思えば納得してしまった。

「貴女も苦労されますね」

「苦労、ですか？」

かけられた言葉が理解できず、つい聞き返してしまう。

私の声に振り返った青年は先程と変わらない笑顔のまま、少し困ったように眉尻を下げた。

「彼のことですよ。図書館に本を読みに行くだけなのにいちいち送り迎えだなんて、うっとうしくありませんか？」

――うっとうしい？

理解のできない感覚に、思わず瞬きを繰り返してしまう。

目の前の青年の言う『彼』とは、ダリアール様のことだろう。

ダリアール様を『うっとうしい』と表現した彼は、ああと何かを思い出したかのように言葉を続けた。

「迎えに来るたびに、貴女の姿を探しつつ周囲を警戒するようにきょろきょろと見回して……あまりにもみっともない姿だったので見ていられませんでした」

ははっと声を上げて笑った青年は、黙ったまま話を聞いている私の反応を同意だと判断したのか、まるで演説をするかのように饒舌《じょうぜつ》に語り続ける。

「貴女を見つけた途端あからさまに喜んでいる様子も、見ていて恥ずかしくなってしまいました。先日なんて彼の存在に気付かない貴女の隣に座り込み、声をかけるでもなく横顔をじっと見つめていたんですよ？　ははは、気持ち悪くありませんか？」

悪びれもせず、まるで至極当然のように同意を求められる。

一方的に語りかけてくる相手をしばらく眺めていたが、ふと返却台がすぐ近くにあることに気がついた。

どうやら話を聞くままに足を進めているうちに、目的地には到着していたらしい。

本の大半を運んでくれた相手に少々申し訳なく思いながらも、手にしていた数冊の本を先に台の上に置くと相手の方に向き直る。

相変わらず人当たりの良さそうな笑顔を浮かべたままの青年は、私から同意が返ってくると思っているのか、目が合うとその笑みを深めた。

その期待を裏切ることはわかっていながらも、大きく息を吸い込み、真っ直《す》ぐに相手を見据える。

「すみません。おっしゃっていることがよく理解できませんでした」

「え？」

青年は笑顔のまま、目を瞬《しばたた》かせる。

「貴方《あなた》のご意見には共感できません、と申し上げました」

補足説明をしたその声音は、自分が思っているよりも随分と冷たく響いた。

「どうやら貴方と私とでは、価値観が大きく異なるようです」

向かい合う青年は状況が呑《の》み込めていないのか笑顔で固まったまま、ただただ瞬きを繰り返している。

ふと、先日青年が口にした言葉を思い出す。

あの日気付かなかった彼の言葉の違和感が、ようやくわかった気がする。

「ダリアール様が送り迎えをしてくださるのは、不慣れな私を気遣ってくださっているからです」

毎朝仕事前に図書館に送り届けてくれるダリアール様のことを、うっとうしく感じたことなど一度もなかった。

「私を探してくれていたことも隣に座って私を見つめてくれていたことも、気恥ずかしくはありますが、気持ち悪いなどとは思いませんし、むしろ嬉しく感じます」

「嬉しい……？」

青年から漏れ出た言葉には、明らかな戸惑いが滲《にじ》んでいる。

「はい。好意を寄せている相手が、自分に好意を示してくれたら嬉しいですよね？　言葉でも行動でも、自分への好意が表れているものを不快だとは思えません」

青年は大きく目を見開いたまま、まるで信じられないものを見るような目でこちらを見ている。

不躾《ぶしつけ》な視線を向けられても怯《ひる》む気になれず、ただただ真っ直ぐ相手を見つめ返した。

相手の共感や理解を得られなかろうが、私にも譲れないものがある。

「彼に対して、うっとうしいだの、みっともないだの、私は一瞬たりとも考えたことはありません。個人の考えは自由だとは思いますが、できることなら彼に対する失礼な発言については撤回していただきたいです」

なるべく冷静に淡々と語ったつもりだが、静かな図書館内では想像していたよりも大きく響いてしまったらしい。

周囲にいる人がチラチラとこちらを窺っているのがわかる。

先日感じた青年の言葉に対する違和感――あのとき青年が私に告げた『貴女も大変ですね』という言葉には、彼のダリアール様に対する侮蔑の感情が滲んでいた。

自分の夫への侮辱とも取れる発言に気付いてしまっては、彼に対する態度もどうしても冷めたものになってしまう。

意見を真っ向から否定した私に対して嫌みの一つでも返してくるかと思ったが、意外にも青年は呆《ぼう》然《ぜん》としたまま、じっとこちらを見つめているだけだった。

もしかしたら彼は、純粋に先程のような感想を抱いただけで、ただの軽口として口にした話題に私が過剰に反応してしまっただけかもしれない。

しかし、もし仮にそうだとしても、夫であるダリアール様を貶《おとし》める発言を見過ごすような真似《まね》は、私にはできそうになかった。

黙り込んでしまった相手を見て、撤回を求めたのはやりすぎだったかと少々反省をしていると、小さな呟きが聞こえた。

「――ですか？」

「どうしてそう思えるんですか？」

「はい？」

いつもの柔和な笑みを失った青年は、戸惑いを露《あら》わに視線を彷徨《さまよ》わせていた。

その深刻な様子に、首を傾げたくなる。

「？　どうしてと言われても――」

「嫉妬、束縛、過剰すぎる愛情表現。どれもみっともないものばかりですよね？」

青年は、ぎこちない笑顔を浮かべながらも言葉を続ける。

「それにあの人は魔術師でしょう？　あの行動からしてどう見たって魔力過多の魔術師だ。嫉妬深く執念深く執拗《しつよう》に相手を求める『醜悪』な性質の――」

「それって『醜悪』なんですか？」

「え？」

大きく目を見開いてこちらを見つめる青年に、思わず首を傾げた。

「魔術師という職業は、魔術という素晴らしい才能をお持ちということですよね？　過多と表現されるくらい魔力が多いということは、日常生活を送る上でも不便がなく良いことではありませんか？　それに相手に好意を抱いてしまったら、嫉妬してしまったり相手からの気持ちを求めてしまったりすることは自然の流れだと思うのですが」

この国は魔術大国と言われるほどに魔術の発達した国だ。

私のように魔力を持たない人間には不便なことが多々あるほどに、この国で生活するためには魔力は必須であるし、その魔力を多く保有することで恩恵に与《あずか》れることは多いはずだ。

それに、彼が『醜悪』と口にした感情は、私自身抱いたことのあるものでもある。

ダリアール様が他の相手を選ぶことを想像したとき、自分との関係性に悩んでいたとき、ずっと彼の気持ちが欲しくて仕方がなかった。

ダリアール様との関係を構築してきた一つの要素でもある嫉妬や欲求を、『醜悪』なものだとはとても思えなかったし、思われたくもなかった。

「貴女は……」

はく、と口を動かした青年は、呆然とした様子でゆっくりとこちらに手を伸ばす。

その動きを不審に思い咄嗟《とっさ》に身体を引けば、自分の行動に気付いた青年は、焦ったようにその手を下ろすと小さく呟いた。

「貴女は、もしかして――」

「俺の妻に何か？」

上から言葉が降ってくると同時に、頭の上に大きな掌《てのひら》が乗る。

振り返ろうとしたものの頭に乗せられた手に阻まれたため、仕方なく手を押し上げるように頭を上げて、声の主へと視線を向けた。

「ダリアール様？」

「ん」

視界に入った濃紺の髪に安堵《あんど》を覚えると、彼の腕が身体に回される。

背後から現れたダリアール様は短く返事をすると、私の背中にぴたりと身を寄せた。

そのままこちらに寄りかかるように体重をかけた彼は、向かいの青年に視線を向ける。

「ふうん。人当たりの良さそうな面して、中身は魔術師のなりそこないってとこか」

「……『独身男性の墓場』にいる奴に言われたくない」

「はは、負け犬の遠吠えだな」

余裕ある笑みを浮かべるダリアール様に対し、青年は憎々しげな表情を浮かべている。

青年の声は、先程の会話のときとは比べ物にならないほど苛立《いらだ》ちに満ちていた。

「コイツ迎えに来ると大抵近くをうろついてたもんなぁ。あんまりにもわかりやすいから、ちゃんと警戒できて助かったが」

煽《あお》るようなダリアール様の口調に、青年は唇を噛《か》む。

いつもの人当たりのいい笑みを浮かべていた彼からは想像もつかないような変貌ぶりに、ただただ驚くしかない。

「つけ入る隙を狙ってたのかもしれねぇが、残念だったな」

「俺は別に――」

「見る目があることだけは褒めてやる。だけどコイツは俺の妻だ。諦めるんだな」

相手の言葉に被せるようにして言い放ったダリアール様は、私の耳元で「行くぞ」と囁《ささや》くと、腕を掴むようにして扉へと向かう。

ずんずんと前に進むダリアール様の後ろを小走りで追いながら、ふとあの青年が何を最後に言いかけたのだろうかと思ったが、今更後ろを振り返る気にはなれなかった。

図書館を出るとすぐにダリアール様が転移の魔術を使ったため、次の瞬間には自邸に戻っていた。

広いエントランスに、二人がぽつんと並び立つ。

引っ張られるようにして移動をしてきたため手は繋いだままだったが、背を向けた状態の彼は、しばらく経《た》っても一向にこちらを振り向こうとしなかった。

いつもの彼なら忠告を無視して異性と会話したことをすぐに説教してきそうなものだが、今はただただ黙り込んでいる。

言葉を交わしたくないと思うほどに怒っているということなのだろうかと、自分の行動を反省すると共に、繋いだままの手に力を込めた。

「あの……見知らぬ人と会話をしてしまって、すみませんでした」

黙り込んだままの背中に声をかける。

ダリアール様の忠告があったにもかかわらず青年と会話をしてしまったことは事実だったので、謝罪だけでも先に伝えておきたかった。

あのときのダリアール様の言葉は、まるで私に粉をかけていた青年を牽制《けんせい》しているようだった。

しかし実際は、相手の考えを否定し発言の撤回を求めていた途中だったため、恐らくダリアール様は何か勘違いをしている状態なのだろう。

ダリアール様からの忠告を無視して会話をしてしまったことは事実だが、今回のことについては私にも少しだけ弁明の機会を与えてもらいたかった。

「……アンタ、さっき言ったの本気か？」

ぽつりと小さな呟きが耳に届く。

その声が怒気をはらんでいないことにほっと胸を撫で下ろすと同時に、首を傾げた。

「さっきとは？」

聞き返せば、ダリアール様はようやくゆっくりとこちらを振り返る。

「……アイツが言ってたろ？　俺の行動がみっともないとか気持ち悪いとか」

そんなところから聞いていたのかと驚きつつも、こちらに向き直っても尚《なお》目を合わせようとしないダリアール様の行動に納得がいってしまった。

自分に対する悪口というものは、どんなに些《さ》細《さい》なことでも気分の良いものではなかっただろう。

「はい。理解しがたいご意見でした」

落ち込んでいる彼を元気づけるために私にできることは、あのときの青年の言葉をはっきりと否定することくらいしかない。

「……なんで？」

訝《いぶか》しげにこちらを窺うダリアール様の手を、両手で包みこむように握る。

あの場で青年の言葉を撤回してもらうことはできなかったが、私の反論はきっとダリアール様の耳にも届いていただろう。

「恐らく聞こえていらっしゃったとは思いますが、改めてお伝えしますね」

戸惑いまじりの相手の顔を見上げるようにして、真っ直ぐ見つめる。

「彼が口にしていた内容は、私にとって喜びこそすれ嫌悪するような行動とは思えませんでした。ダリアール様の好意を感じられるような行動を、嫌がる理由が私にはありません。魔術師という職業だって興味深く素晴らしいものだと思っていますし、魔力だって多いに越したことはないと思います。あとは……ああ、嫉妬深いことや執念深いことを醜悪だとおっしゃっていましたが、相手に好意があるからこそ生まれる感情を醜悪だとは私には思えません」

力強く、はっきりと断言する。

青年の言葉を否定することでダリアール様を元気づけたかったのだが、目の前の彼は表情を変えずに黙りこくったまま、ただただこちらを見つめていた。

「あの、納得いきませんか？」

「……アンタそれ、本気で言ってんのか？」

落ち込んでいるとばかり思っていた彼は、なぜか怪訝《けげん》な様子で眉間に深い皺を刻み込む。

「冗談で言うわけありません。私はダリアール様の妻ですよ？　ダリアール様の好意を感じられる行動行為感情全てが喜びに繋がりますし、私にとっては何より得がたい大切なものです」

繋いだ手を強く握りしめると同時に、大きく頷《うなず》いてみせる。

訝しげにこちらを見つめていたダリアール様は私の行動を見て、なぜかその目を大きく見開いた。

「ダリアール様？」

呼ばれた名前に勢いよく顔を背けたダリアール様は、その顔を髪に覆われてしまい表情が見えなくなってしまう。

しかし繋いだ手はぷるぷると小さく震えているし、その耳はなんだか赤く染まっているようにも見えた。

「どうされましたか？　なにかお気に障ることでも？」

「ないっ！」

短く言葉を返した彼は、その勢いのまま突然しゃがみ込んだ。

不可解な行動を不思議に思いながらも、追いかけるように膝を折り、俯《うつむ》いてしまった彼の顔を覗き込む。

「黙ってしまってはわかりません。先程からどうも話が見えないのですが……」

「……アンタにこの国の常識を伝え忘れてた俺が悪い。それはわかってる」

ブツブツと呟くその言葉に引っかかりを覚えて、相手の独り言に口を挟む。

「この国の常識とはなんですか？」

うっと呻くような声が返ってきたが、しばらく沈黙が続いた後に恐る恐る顔を上げた彼は、ばつが悪そうに口籠るようにして小さく呟いた。

「……アイツが言っていたように、宮廷魔術師団には『独身男の墓場』って別名がある」

「どうしてそのような別名が？」

「魔術師って職業は、基本女性から毛嫌いされるんだよ。魔術師は感情の揺れが大きい分、恋愛や結婚には不向きだとされてんだ。嫉妬深く執念深く執拗に相手を求めるっていうのが、この国でよく言われる魔術師の性質で、この国では『醜悪』とされる行動でもある。魔術師の中でも、魔力過多の魔術師は魔力酔いも起こさせやすいし、そもそも相性のいい相手を見つけるのが難しい」

知らなかった知識に、つい瞬きを繰り返してしまう。

ダリアール様が、相手に魔力酔いを起こしてしまうほどには多い魔力をお持ちだと聞いた覚えはあったが、それがこの国で『醜悪』とされる性質に繋がっているとは想像していなかった。

そういえば以前アメリア様から、魔術師の性質として『愛が重い』という特徴があり、それが恋愛対象として嫌厭《けんえん》されがちなのだと聞いたことがあった気がする。

「アメリア様が以前、魔術師の方は『愛が重い』という性質をお持ちだと教えてくれたことがありましたが」

「ああ、他国の人間に対しては大体そうやって説明することが多い。レントワールでは、その『愛の重い』行動が嫌われるんだ」

そう言うとダリアール様は何かを思い出したように、苦々しげな表情を浮かべた。

「だから図書館のアイツは、俺の嫉妬や執着を受け入れていたアンタに興味を持ったんだろう。行動を見てればわかる。アレは魔術師にこそなれなかったものの、一定以上の魔力持ちだ」

その言葉に、ようやく先程の二人の会話が見えてきた気がする。

つまり図書館職員の青年は、魔術師ではないものの魔力が高く愛の重い性質の持ち主で、それを醜悪だと思わないという私の発言は、彼を受け入れられる可能性を秘めたものだと捉えることができたのだろう。

「そうは言われましても、私もダリアール様からのものだから嬉しく感じるだけですが」

「は？」

間の抜けた顔の夫に、首を傾げる。

「知らない相手から嫉妬や執着をされても困るだけですよね？」

「まあ、そりゃそうだろうが……」

「私の場合は、相手がダリアール様だから全てを受け入れられているにすぎません。自分の夫であるダリアール様からの嫉妬だから嬉しく感じますし、ダリアール様からの執着だからこそ喜んでしまうだけだと思います」

自分が好意を持っている相手だから、気持ちを向けてもらいたい。

そんな当然の感情を口にしたつもりだったのだが、向かい合っていたダリアール様にとっては意外な発言だったのか、ポカンと口を開けたままひたすらに瞬きを繰り返していた。

普段あまり見ない気の抜けた表情を目の前にして、思わず笑ってしまいそうになる。

そんな姿をじっと眺めていれば、はっと我に返った彼は、私の視線に気付くと徐々にその顔を赤く染めていく。

「ダリアール様、もしかして喜んでくれていますか？」

慌てて顔を背けようとしたダリアール様の頬を、両手で挟むようにして捕まえる。

掌《てのひら》から感じられるその熱に、思わず頬が緩んだ。

「ダリアール様が喜んでくださるなら何度でも言葉にしますが？」

「……いい、もう十分だ」

「ダリアール様の可愛らしいところは、そうやってわかりやすく反応をくださるところだと思っています。それに、ぶっきらぼうな口調ながらもいつも優しく私を気遣ってくださるところも非常に好ましく感じています」

「おい、ほんとやめろ。今はやめろ」

「どうしてですか？」

ずいと顔を近づければ、何かを堪えるように視線を逸らされる。

「……アンタの名前を呼びたくて仕方なくなる」

ぽつりとこぼされた意外な言葉に、つい目を瞬かせる。

名前を呼ぶという行為は、私達にとってはただ言葉通りの意味ではない。

魔術師であるダリアール様に名前を呼ばれると、私は例外なく精神干渉を起こしてしまう。

精神干渉といっても、私の場合は自分の欲求や欲望が出やすくなってしまうだけらしいのだが、人前では見せられないとのことで、名前を呼ぶという行為は二人の寝所のみで許される行為になっていた。

「それは、お誘いの文句ですか？」

「……なんでアンタはいつもそう冷静なんだよ」

拗《す》ねたように尖《とが》らせた唇。

そのまるで少年のような仕草が、相変わらず愛《いと》おしくて堪《たま》らない。

「そうだったら嬉しいなと思いまして」

私の言動にいちいち反応してもらえることが嬉しい。

それが嫉妬だろうが執着だろうが、彼が私に抱いてくれる感情の一つ一つが、自分に向かっている好意や興味を証明してくれるもののように思えた。

そんな彼の行動さえも『愛が重い』とされるのであれば、私はどれほど彼の愛を求めてしまっているのだろう。

「名前、呼んでくださっていいんですよ？」

「ほんっと覚悟しろよ!?」

大声と同時に私を抱え上げたダリアール様は、大股で寝室へと向かっていく。

「やめろっつったってやめない。明日は図書館諦めろ」

「いいですよ。読書も大切な時間ですが、ダリアール様と過ごす時間はもっと大事です」

「なんで今俺を口説いてくんだよ!?」

エントランスを抜け階段を上り寝室の扉を乱暴に開けば、奥にあった広いベッドの上に、なぜかゆっくりと下ろされる。

ここで乱暴に私を下ろさないあたりがダリアール様らしいなと、つい小さな笑みがこぼれてしまった。

見上げれば、のしかかるように上に被《かぶ》さってくる彼の姿がある。

「もう止められないからな」

強い口調とは裏腹に、優しい声音。

眼鏡を外されると同時に唇が重ねられ、彼の手に服を剥ぎ取られると、ひんやりとしたシーツの感触が伝わってくる。

肌の上をなぞる彼の指を冷たく感じるのは、私の身体《からだ》の内側がどうしようもなく火照っているからだろうか。

「んぅっ」

唇を重ねられると、その隙間から割り入ってきた彼の舌に口内を蹂躙《じゅうりん》される。

歯列をなぞり上顎に触れ、啄《ついば》むように舌を吸われれば、その刺激が熱となって更に下腹に溜まっていく。

柔らかな甘噛みに応えるように舌を絡ませれば甘い唾液が口内に流れ込み、愛しいそれをこくりと嚥下《えんげ》すると、それを確認するかのように咽喉元《のどもと》を撫でられた。

彼の指に顎を捉えられると、角度を変えられ更に口付けを深められる。

「っ……ぁ」

口端から漏れるくぐもった声と淫靡《いんび》な水音が、脳内を痺《しび》れさせているようだった。

「まだ名前、呼んでねぇけど」

ぼんやりとした視界には、いつのまにか唇を離し着衣を寛げるダリアール様が映っている。

目を細めながら意地悪そうに微笑《ほほえ》む彼は、相変わらず整った顔をしているし、毎日のように熱を交わし合い数えきれないほど身体を重ねているというのに、こんなに素敵な男性が自分の夫であることが未《いま》だに信じられない気持ちになる。

「――きです」

「ん？」

服を脱ぎ捨てた彼が再び覆い被されば、触れ合った素肌から彼の体温が伝わってきた。

「ダリアール様が好きです」

照れくささを隠すように、言葉と同時に唇を重ねる。

結婚してから既に数ヶ月が経つが、思い返してみればあまり自分の気持ちを素直に言葉にすることがなかった気がする。

今日一日色々とあったが、改めて実感したのは、自分の中にあるダリアール様への揺るぎない愛情だった。

触れるだけの口付けから唇を離せば、目の前にはダリアール様の顔がある。

レントワール王家特有の金緑の瞳には一糸纏《まと》わぬ私の姿が映り、そしてその瞳の奥には、確かな情欲の炎が揺れていた。

「ああ、俺も好きだ。――エルザ」

彼に名前を呼ばれた瞬間に、ドンと突き上げられたような感覚を覚える。

「ぁ……」

身体中の血液が沸騰し、熱を帯びたまま全身を循環しているように熱い。

柔らかなベッドの上に沈み込んでいたはずなのに、まるで宙に浮いているかのような感覚の中で溺れそうになる。

「ダ、アール様」

傾いでいく視界の中で手を伸ばせば、彼の腕が強く腰を抱いた。

抱き起こされて彼の太腿《ふともも》の上に膝立ちになると同時に、その唇が胸の先に吸いつく。

「ひぁっ！」

胸の先を口に含まれたまま舌先で転がされ、もう片方も指先で弾《はじ》くように刺激されれば、強すぎる快感にのけ反りそうになる。

与えられる刺激のままに勝手に腰が揺れ、開いた口からははしたない嬌声《きょうせい》が漏れた。

「はは、ほんといい顔するよな」

その言葉に視線を向ければ、ダリアール様が楽しそうにこちらを見上げている。

ダリアール様が、自分に興奮してくれている事実がどうしようもなく嬉しい。

自分に欲情してくれるダリアール様の熱が、欲しくて欲しくて堪らない。

「触って……ダリア、様で、埋め尽くして？」

ふわふわと熱に浮かされたような思考の中、自分の望みが口から漏れる。

体内の熱を逃がすように浅い息を繰り返していれば、私の望みを耳にした彼はその指を脚の間へと滑らせ、十分に潤んだ蜜口へと突き立てた。

「ひぅっ」

彼の指が突き立てられた箇所からじんじんと痺れるような火照りが広がっていく。

十分すぎるほどに潤んだそこはやすやすと彼の指を呑み込み、ナカを擦《こす》られるだけでぐちゅぐちゅと卑猥《ひわい》な水音を立てた。

更にその蜜を纏った指で前の突起を引っ掻かれれば、弾けるような刺激がせり上がってくる。

「やっ……あああっ！」

同時に胸の先への愛撫《あいぶ》も再開されてしまえば、高みへと昇らされるのはあっと言う間だった。

かけ昇ってくる快感に理性を手放せば、押し寄せる快楽の波に攫われるようにして、強張《こわば》っていた身体の力が抜けていく。

力なく倒れ込んだ私を抱きとめると、ダリアール様は先程まで彼の指を呑み込んでいた場所に熱棒をあてがった。

「ひぁっ――」

ぐぷりと侵入してくる熱いものに満たされていく感覚を覚える。

内側が押し広げられる圧迫感、彼の熱が私のナカを苦しいくらいに埋め尽くしていく。

――ああ、これが欲しかった。

待ち望んだ刺激に、腹の奥からとろりと蜜がこぼれていくのがわかる。

ダリアール様に突き上げられ、揺さぶられ、その刺激がただただ気持ちが良い。

まるで欠けていたものが満たされたような幸福感に、思わず縋《すが》りつくように抱きついた。

「はっあ、気持ちい」

「はは、俺も」

ダリアール様に腰を捕まえられ、激しく突き上げられる。

繋がったままベッドに寝かされれば、片足を肩に担ぎ上げられ、更に深く奥を穿《うが》たれる。

「あっあぁっ！」

揺さぶられ、押し上げられ、再び高みに昇らされていく。

「――くっ」

一層激しく突き上げられた後、ぐりりと奥まで埋め込まれると、ナカに熱いものが広がっていくのがわかった。

ダリアール様が達してくれたことがわかり、じんわりと嬉しさが滲んでくる。

倒れ込むように覆い被さってきたダリアール様は、頬に額にと優しい口付けを落としてくれる。

「……気持ち良かったですか？」

その長い髪を梳《す》くように手を伸ばせば、ちらりと視線を向けられた。

「そりゃな。……アンタ、前よりだいぶ回復が早くなってないか？」

一瞬なんのことかと思ったが、恐らく精神干渉からの回復のことを指しているのだろう。

身体を重ねるたびに名前を呼ばれていたこともあり、いつからか自分が何度か達すると精神干渉から回復するらしいことに気付いていた。

「お伝えしてませんでしたか？　私も気付いたのは最近なのですが、どうやら何度か達することで精神干渉状態から回復しているみたいです」

「ふぅん？」

私の上に覆い被さったままの彼は「なるほどな」と呟くと、じっとこちらを見つめる。

「それならイく度に名前を呼ぶしかねぇな」

「え？」

私の声に、ダリアール様は口端を吊《つ》り上げるようにして楽しそうに笑った。

「名前、呼んでもいいんだろ？　さっき、いくらでも付き合ってくれるって言ったよな？」

確かに名前を呼んでは良いとは伝えたが、いくらでも付き合うという約束はしただろうか。

「あの、いくらでもとは――んっ」

言葉を遮るように唇を重ねられる。

どうやら反論を聞く気はないようだ。

「細かいことは気にすんなって、なぁ？　――エルザ」

「――っ」

名前を呼ばれ、再び熱の中に放り込まれる。

蕩《とろ》けていく視界の中で最後に目にしたのは、至極楽しそうに微笑むダリアール様の姿だった。


差し込む光に目を開けば、ぼんやりとした視界に映ったのはいつものベッドだった。

微《かす》かな物音の方に振り向けば、出仕の支度をするダリアール様の姿がある。

「悪い、起こしたか」

こちらに気付いたダリアール様は、ローブを纏ったままベッドに腰を下ろして私の頭を撫でた。

彼が準備を済ませている時間だとすれば、いつもより数時間は寝過ごしてしまったのだろう。

「……はようござ、います」

朝の挨拶を告げようとした声は、思っていた以上に掠《かす》れていることに驚く。

昨夜の記憶は所々抜け落ちているが、どうやら想定外に咽喉を酷使してしまったらしい。

「今日は寝てろ。さすがに昨日無理させたからな」

その労《いたわ》るような声音から、彼の優しさが伝わってくる。

「あとで水差し持ってくるように言っとくから、じっとしてろ。いいか？　ちゃんと大人しく、じっとしてんだぞ？」

「はい」

「ちゃんと伝わってるか？　『じっと』ってのはしっかり身体休ませろってことだからな？」

「はい、ご心配ありがとうございます」

ベッドの上だというのに、まるで連日図書館前で繰り返したようなやり取りに笑ってしまう。

相変わらず過保護な彼の行動は、もはや嫉妬だとか執着だとかいうものではなく、ただの彼の性格にも思えた。

こんな彼に、レントワールで働きたいと言い出したら、どんな反応をするだろうか。

きっと散々に心配をするものの、結局は私の意思を尊重してしまうのだろうなと思う。

なんだかんだ私に甘く優しい彼だからこそ、困らせるようなことは口にしたくないし、余計な心配もかけたくはなかった。

そう思えるのも、ダリアール様の優しさが十分に自分に伝わっているからなのだろう。

「……なにニヤついてんだ？」

「いえ、なんでもないです」

訝しげな視線を向けてくるダリアール様を見て、何も決まっていない今の段階で口にする必要もないことから、自分のささやかな望みについては心の内にしまっておくことにする。

いつか彼に心配をかけないような仕事を見つけられたら、改めて相談してみようと思う。

「ダリアール様のお言葉に甘えて、今日は大人しく自邸で過ごさせてもらいますね」

「なんだその顔、帰ったらちゃんと説明しろよ？」

私の頭を乱暴に撫でると、溜め息をつきながら腰を上げる。

その動きに合わせてローブが揺れれば、いつものリネンの香りがふわりと舞った。

「じゃ、いってくる」

「はい。いってらっしゃいませ」

ローブを翻すように扉へ向かえば、一つに纏めた濃紺の髪が揺れる。

いつものように転移魔術で姿を消すその姿を、まるで『魔法』のようだと感じながら、愛しい夫の出仕を見送ったのだった。

番外編2　マーシャル領にて（アメリアとロワール）

「アメリア！　どこ行くんだ」

「どこと言われましても、打ち合わせですわ」

　階段を降りようとしたところを呼び止められ、流れるように手をとられる。

「打ち合わせって、妊婦なんだぞ!?　もっとじっとしてた方がいいんじゃ——」

「祖国の商会とのやりとりもありますし、新しい事業の打ち合わせは早めに手をつけてしまいたいと思いまして。お医者様からも、少しは動いた方がいいと言われておりますわ」

「うっ……」

　言葉を詰まらせながらも私の手をとったロワール様は、腰を支えるように腕を回すと、歩幅を合わせてゆっくりと足を進めていく。

「打ち合わせの相手は、魔術技師の？」

「はい、エンダー様とお約束をしております」

　ロワール様にご紹介いただいたエンダー様は、宮廷魔術師団と関わりのある魔術技師という職業の方で、一定範囲に存在する物質を判別する能力を保有しているらしい。

　マーシャル領の拝領が決まったことで、鉱山開発に関する技術者に心当たりがないかとロワール様に相談していたのだが、今月になってようやく紹介いただいたのが彼だった。

肥沃で広大なマーシャル領には、数多《あまた》の鉱物資源が眠っている。

今日の打ち合わせは、領地運営の一環として鉱物資源の採掘を進めるにあたり、彼の協力を得るためのものだった。

「……俺も臨席する」

「お話だけでしたら魔術痕を通して聞かれてもよろしいのですよ？」

「誰が好き好んで妻を自分以外の男と二人きりにするんだ」

「使用人もおりますし、本日は装飾デザイナーの方もご一緒ですから二人きりということはございませんが……。ふふ、ご心配ありがとうございます」

拗《す》ねたように唇を尖《とが》らせてしまったロワール様を見て、思わず笑みをこぼしてしまった。

結婚後に住んでいたロワール様の邸《やしき》を出て、マーシャル領に移り住んだのは先月のこと。

ここに来てすぐ懐妊したことがわかり、しばらくは大事を取っていたが、大きな体調不良もなく医者の許可を得たことから、ようやくマーシャル領の開発の準備を始めたところだった。

「それにしても『魔力石』の装飾化なんて、よく考えつくな」

溜《た》め息まじりのロワール様に、その顔を覗《のぞ》き込むようにして微笑《ほほえ》みかける。

「先日エルザお義姉《ねえ》様《さま》から話をお伺いして思いついたのです。この国では日常生活で魔力が不足した場合、『魔力石』を使われるのでしょう？　それほど身近なものであれば、装飾品にしてしまえば便利が良いかと思いまして。装飾品の加工については、祖国の商会でも取り扱っておりましたし」

以前ロワール様から国内指折りの商会を紹介してもらい、これからレントワールでも販路を開拓していこうとしていた矢先に聞いたエルザ様の『魔力石』のお話は、非常に興味深いものだった。

私自身は魔術痕を通してロワール様の魔力を使わせてもらっていたため気付かなかったが、ロワール様に詳しく伺ったところ、他国出身などで魔力のない人間や魔力量の少ない者など、意外にも魔力石を使う機会は多く、国内では広く流通しているものらしい。

「……普通、魔力石なんて魔力を貯《た》める以外の用途で使わないけどな」

「その魔力を使うために、魔力石を持ち歩かなくてはならないという点が少々気になったのです。なくさないよう紐《ひも》を括《くく》りつけて首に下げたり袋に入れたりするのも手間でしょうし、装飾品として身に着けてしまえばなくすこともなくなりますし便利かと思いまして」

私の言葉に、隣から「そういうものか？」とピンと来ていないような呟《つぶや》きが聞こえる。

生来の魔力量が多く、魔力石を使ったことのないロワール様には、持ち歩くというのが想像もつかないのだろう。

「利便性の高さを示した後には、装飾品として価値を底上げしていければと考えております。マーシャル領では質の高い鉱物がよく採れますし、将来的には宝石類の魔力石化も視野に入れていければと。現在一般的に使用されている水晶だけでなく、ルビーやサファイア、エメラルドあたりが魔力石化できれば、装飾品としての魔力石の多様性も広がるのではないかと思いますわ」

「水晶で可能なんだから魔力石化は問題なさそうだが……それだと高すぎないか？」

「特別な贈り物として流通できればと考えております。例えば記念日の贈り物だったり、求婚の際に捧《ささ》げるものだったり……己の魔力を込めた贈り物なんて、ロマンティックではありませんか？」

ロマンティックと口にして、ふとロワール様が初めてくださったメッセージカードを思い出す。

出会った翌日に枕元に置いてあったメッセージカードが魔術によって届けられたと聞いたときには、思いがけない贈り物を前に、なんてロマンティックな演出だろうと感動したものだが、ほんの一年前の出来事がなんだか懐かしく感じて、つい口元が綻んでしまった。

「……魔術師の俺からしたら、随分『愛の重い』ものに思えるが」

渋面を作ってしまったロワール様を見て、思わず笑い声を漏らしてしまった。

「ふふっ一方的なものでしたらそうかもしれません。しかし、想《おも》い合っている者同士の贈り物であれば、また違った感覚になるのではと考えておりますわ」

この国では嫉妬や執着、相手を求めるような行為を『醜悪』だと認識されてしまう。

しかし他国から来た自分にとって、それは第三者が見た感想でしかなく、想いを通わせ合った本人達の間では、お互いの『深い想い』のやりとりに過ぎないのではないかと感じていた。

――とはいえ、商品開発となれば商売の話。

国の常識として根付いている認識があるならば、傍目《はため》からは魔力石とはわからないような宝飾品として仕上げ、当人同士のみがお互いの魔力を纏《まと》っていると認識できるよう製作する予定にしている。

「できあがったら、まずはエルザお義姉様に、お二人の結婚祝いの品としてお贈りできればと思っておりますの」

階段の最後の一段を降りると、ロワール様を見上げる。

「ふうん？　それならダリアールに話通しとく。アイツの魔力が必要になるだろ？」

「はい、ぜひよろしくお願いいたします」

ダリアール様の名前を耳にして、幸せそうな二人の結婚式の様子が思い浮かんだ。

二人がご結婚されてから数ヶ月、一度会ってお話しできたエルザお義姉様は幸せそうにされていたし、現在も仲睦《なかむつ》まじい様子だとロワール様から伺っている。

「もし商品化できましたら、エルザお義姉様には今後もご協力を仰ぎたいと思っているのです。魔力石の保有魔力量など、魔力をお持ちでないエルザお義姉様にご相談したい点もありますし、使用感などもお伺いできればと思いまして」

魔力石の魔力保有量については、魔力を持たないエルザお義姉様に合わせれば、日常生活においてまず不足することはないだろう。

それに、以前からあまり装飾品には興味がないとおっしゃっていたエルザお義姉様の意見を参考にすることで、普段装飾品に興味を持たない層でも手に取りやすい実用性の高いものも考えていけそうだ。

「ああ、それはダリアールも喜ぶかもな。奥さんが外に出たがってる気がするって心配してたから」

「まあ。それでは早めにご相談するようにいたしますわ」

レントワールの魔術師は『愛が重い』と言われる。

ロワール様にも似たようなことを言われたことを思い出すが、愛する人を自邸に閉じ込めて誰の目にも触れさせたくないと思ってしまうような気質が、ダリアール様にもあるのだろう。

ロワール様に手をとられながら歩みを進めていれば、いつのまにか応接室の前に着いていた。

扉をノックしようと腕を上げたところで、横から伸びてきた手に捕まえられる。

突然のことに目を瞬《しばたた》かせながらも隣を見上げれば、予想外に真面目な表情のロワール様がこちらを見つめていた。

「アメリア。領地のことは気になるかもしれないが、一番はアメリア自身の身体《からだ》のことを大事に考えてほしい。心配性だと思われるかもしれないけど、お腹《なか》の子達もそう願ってると思う」

私を心配してくださるその真剣な眼差《まなざ》しに、胸の奥が温かくなる。

ロワール様が口にした通り、私のお腹には二つの命が宿っているらしい。

愛《いと》しい夫と我が子達の存在に目を細めながら、そっとお腹を撫《な》でた。

「もちろん、そういたしますわ。お気遣いありがとうございます」

私の言葉に安堵《あんど》の溜め息をついたロワール様を見て、ふと伝えそびれていたことを思い出す。

「あの、ロワール様」

「何？」

「先程のお話の中で、一つお伝えし忘れておりました」

キョトンと目を丸くした彼の耳元に、そっと口を寄せた。

「魔力石を使った宝飾品が実用化されましたら、いずれ魔封じの装飾化もしていきたいと思っておりますの。完成しましたら、一番にロワール様に贈らせていただきますね」

魔力石を装飾品化できれば、同様に魔封じを装飾品とすることも可能だろう。

私には魔力を込めた魔力石を贈ることはできないが、ロワール様がいつも身に着けている魔封じであれば、魔力石にも匹敵する『愛の重い』贈り物になるのではないだろうかと考えていた。

「私の愛を込めた贈り物とする予定ですから、そのときは私にも、ロワール様の魔力石を使ったお揃《そろ》いの装飾品を身に着けさせてくださいね」

そう言って微笑めば、ロワール様は言葉にならない叫びを飲み込むようにして、その顔を赤らめる。

魔術師である彼の愛が重いというのならば、その愛を全て受け入れたいと思う。

そう考えてしまう私は、自分の思っている以上に欲深い生き物なのかもしれない。

「さあ、参りましょう。お客様をお待たせするわけにはいきませんわ」

ロワール様に声をかけながら扉をノックする。

室内から聞こえてきた返事に、私達は並んで応接室の扉を開くのだった。

その後、魔力過多の魔術師と結ばれた夫婦に、揃いの装飾品で魔力石と魔封じを交換し合う風習が定着するのだが、それはまた別の話。

あとがき

この度は『嫁き遅れの私がなぜか魔術師王子に求愛されています』をお手に取ってくださりありがとうございます。まつりかと申します。

このお話は前作『婚約者の側妃として利用されるくらいなら魔術師様の褒賞となります』のスピンオフとしてＷＥＢに掲載していたものでした。

魔術大国レントワールの魔術師達のお話を、再びお届けできることができて嬉しいです。

前作が貴族令嬢と英雄魔術師という設定だったので、同じ世界観でヒロインが拾い上げられるシンデレラストーリーのようなものを書いてみたいと追加したお話でした。

ヒロインのエルザは、幼い頃は運命の王子様を夢見ていたけれど成長と共に現実を知り、期待することを諦め、憧れを心の内に押し込んでしまっていた女性です。

対するダリアールは、王子という身分を煩わしく感じるほどに王族には向いていないものの、両親兄姉から可愛がられ、自己肯定感高めに育った率直素直な性格の魔術師でした。

エルザとダリアールの物語は一旦幕を下ろしましたが、これからもダリアールはエルザに振り回され、エルザはそんなダリアールを愛しく思いながら、夫婦として慈しみ合っていくことと思います。

普段冷静なエルザの名前を呼ばれたときとのギャップに、ダリアールにはいつまでも翻弄されてもらいたいものです。

二人の出会いのきっかけになったのは、前作で結ばれたアメリアとロワールでした。

前作については、六月よりコミカライズも始まっておりますので、ご興味をお持ちいただけましたらぜひご覧いただければ幸いです。

今回の書籍化にあたりまして、ＷＥＢに掲載していた本文を大幅に加筆・改稿いたしました。

新規エピソードもいくつか盛り込みましたが、全てエルザ視点とダリアール視点となったことで、ＷＥＢ版では見えてこなかったエルザの心情や、裏側で頑張っていたダリアールの様子を楽しんでいただければと思います。

陰で応援していた魔術師たちとダリアールとのやりとりを描くことができて楽しかったです。

また、ロワールとダリアール以外の愛の重い魔術師達の婚活事情についても、ＷＥＢに番外編として掲載しておりますのでご興味をお持ちいただけましたら見守っていただければ幸いです。

この場を借りて、お礼を述べさせてください。

前作に引き続きイラストをご担当くださった御子柴リョウ先生、美しく素敵なイラストをありがとうございました。

ラフを拝見するたびに喜びに浮かれて、何度も何度もうっとりと見つめておりました。

今回は特にダリアールの表紙から口絵への変化が大好きで、ページを捲るように二枚を何度も行き来していました。

ご多忙な中、素晴らしいイラストをありがとうございました。

ＷＥＢ連載時から読んでくださった皆様、エルザとダリアールの書籍化を願ってくださった皆様、前作から引き続き書籍をお手に取ってくださった皆様、心より感謝申し上げます。

いただいた温かい感想や応援のコメントに励まされ、たくさん力を分けていただきました。

スピンオフのお話をいただけたとき、一番に頭によぎったのはエルザとダリアールを応援してくださっていた皆様の声でした。

皆様のご期待に少しでも応えることができていましたら、この上ない幸せです。

また前作に引き続き、わからないことだらけの私の手を引いて書籍化に導いてくださった担当編集様、今回も大変お世話になりました。

何かあるたびにご相談してしまう私に、お忙しい中、根気強くお付き合いくださり感謝しかありません。

本当にありがとうございました。

最後になりますが、出版に携わってくださった全ての皆様、今こうして本書をお読みくださっているあなた様へも感謝をお伝えできればと思います。

ありがとうございます。

この本を読んでくださった皆様が、少しでも楽しんでいただけましたら幸いです。

まつりか

婚約者に側妃として
利用されるくらいなら
魔術師様の褒賞と
なります
著▶まつりか　イラスト▶御子柴リョウ

王太子妃に
なんてなりたくない!!
王太子妃編
著▶月神サキ　イラスト▶蔦森えん

悪役令嬢と
鬼畜騎士
著▶猫田　イラスト▶旭炬

嫁《い》き遅《おく》れの私《わたし》がなぜか魔《ま》術《じゅつ》師《し》王《おう》子《じ》に求《きゅう》愛《あい》されています

まつりか

2023年8月5日　初版発行

著者　まつりか

発行者　野内雅宏

発行所　株式会社一迅社
〒160-0022 東京都新宿区新宿3-1-13　京王新宿追分ビル5F
電話　03-5312-7432(編集)
電話　03-5312-6150(販売)
発売元：株式会社講談社(講談社・一迅社)

印刷・製本　大日本印刷株式会社

DTP　株式会社三協美術

装丁　AFTERGLOW

ISBN978-4-7580-9569-3

MELISSA

●本書は「ムーンライトノベルズ」(https://mnlt.syosetu.com/)に掲載されていたものを改稿の上書籍化したものです。

●この作品はフィクションです。実際の人物・団体・事件などには関係ありません。